SAND

Dépôt légal : 3e trimestre 2020
ISBN : 978-2-7107-8932-1
Imprimé en juillet 2020 sur les presses
de l'imprimerie Grafica Veneta, Italie.

WC BOOK

D'après une idée originale de Pascal PETIOT

Responsable éditorial :
Pascal PETIOT

Illustrations originales : Ah !
Couverture : Sabine Nourrit
Pictogrammes : Ah ! et Sabine Nourrit

Remerciements au site
www.maviedefemme.com

WC BOOK
2021

Romain, 16 ans :

« Papa, je ne peux plus habiter à la maison ! Je veux plus de liberté, d'aventures, de bières et de filles ! Je pars…

– ATTENDS !!! Je pars avec toi !!! »

QUELLE STAR DEMANDE TOUJOURS DEUX GLAÇONS DANS SON VERRE ?

Solution : Michael Douglas.

C'EST QUOI UNE POMME DAUPHINE ?

Solution : C'est celle qui a fini 2e à Miss Patate !

« On baise ?
– Mais t'es obligé de le dire comme ça ??? C'est censé être un moment magique !!!
– Abracadabra ! On baise ? »

Tous nos ongles poussent-ils à la même vitesse ?

Les ongles de nos mains mettent entre 3 et 6 mois, à raison de 2 à 5 millimètres par mois, pour recouvrir nos doigts, contre 12 à 18 mois pour ceux de nos pieds. Les chercheurs pensent que cela pourrait être dû à la vascularisation : le sang circule moins bien dans nos pieds que dans nos mains, ce qui pourrait expliquer ce décalage de pousse. Pour la même raison, il y aurait également un très léger écart entre nos deux mains, en fonction de notre dextérité. Chez un droitier, par exemple, les ongles de la main droite pousseraient légèrement plus vite que sur la gauche, puisqu'elle serait la plus utilisée des deux.

Charade

Mon **premier** est un **CUIVRE**,

Mon **deuxième** n'est **PAS BAS**,

Mon **troisième** est le **SODIUM**,

Mon **quatrième** est une **EXISTENCE**,

Mon **cinquième** est comme **POUTINE**.

Mon **tout** a semé la **PANIQUE**.

Solution : Cor-haut-Na-vie-russe (Coronavirus)

Humour

Khéops,
Sésostris,
Ramsès II,
Toutankhamon,
Akhenaton,
Aménophis.

L'Égypte 6 Kings !

L'homme qui a été président de la République de 4 pays différents

Surnommé *El Libertador*, Simón Bolívar (1783-1830) a œuvré pour l'émancipation des colonies espagnoles en Amérique du Sud et participa à l'indépendance des territoires de la Bolivie, de la Colombie, de l'Équateur, du Panama, du Pérou et du Venezuela. Il a ainsi été le président de quatre de ces pays :

- Président du Venezuela, du 6 août 1813 au 7 juillet 1814 (soit 11 mois et 1 jour).
- Président de Grande Colombie, du 17 décembre 1819 au 4 mai 1830 (soit 10 ans, 4 mois et 17 jours).
- Président du Pérou, du 17 février 1824 au 28 janvier 1827 (soit 2 ans, 11 mois et 11 jours).
- Premier président de la Bolivie, du 12 août au 29 décembre 1825 (soit 4 mois et 17 jours). Ce pays est d'ailleurs nommé en l'honneur de Bolívar.

CES SPORTIFS CÉLÈBRES VÉGÉTARIENS OU VÉGÉTALIENS

- **Bode Miller** – Végétarien depuis sa naissance, le skieur alpin américain (actif de 1994 à 2017) a remporté, entre autres, 5 médailles aux Jeux olympiques d'hiver dans différentes disciplines de ski, 2 gros globes de cristal et 6 petits globes.
- **Carl Lewis** – Même après avoir adopté un régime végétalien au début des années 1990, la star de l'athlétisme a continué à accumuler les titres, élargissant son important palmarès à 10 médailles olympiques, dont 9 en or.
- **Christopher Campbell** – En 1992, à Barcelone, ce végétarien spécialiste de la lutte libre était devenu l'un des hommes les plus âgés à avoir remporté une médaille olympique (à 37 ans) : est-ce l'effet des épinards qui lui a permis de décrocher le bronze ?
- **Edwin Moses** – Médaillé d'or aux 400 m haies aux Jeux olympiques de 1976 et de 1984, double champion du monde de la distance (en 1983 et 1987), il a remporté 107 finales, est resté invaincu durant 122 courses consécutives et a établi le record du monde pour le 400 m haies à 4 reprises !

PEOPLERIES

- **Hannah Teter** – La snowboardeuse américaine végétarienne a raflé l'or de halfpipe aux JO de Turin (2006), l'argent à ceux de Vancouver (2010) ou encore le bronze aux Championnats du monde de la discipline en 2005.
- **Murray Rose** – Sacré légende du sport et héros de toute l'Australie, ce nageur décédé en 2012 à 73 ans a été végétalien tout au long de sa vie. Au cours de sa période d'activité (1956-1964), il a battu 15 records du monde et remporté 6 médailles olympiques, dont 4 d'or.
- **Surya Bonaly** – Durant toute sa carrière, la patineuse française a su concilier régime végétarien et haut niveau : triple vice-championne du monde en solo (de 1993 à 1995), elle a notamment été championne d'Europe à cinq reprises (de 1991 à 1995), compte 9 titres de championne de France et a aussi terminé première du Championnat du monde junior en 1991.
- **Lewis Hamilton** – L'actuel sextuple champion du monde de F1 estime que le régime alimentaire végan auquel il est passé en 2017 lui a permis de devenir un meilleur pilote.

QUI EST L'INTRUS ?

JOHN LENNON

SHARON TATE

PIER PAOLO PASOLINI

ROMY SCHNEIDER

MARVIN GAYE

TUPAC SHAKUR

GIANNI VERSACE

SELENA

RACHID BABA AHMED

LUNES MATOUB

SAM COOKE

GIOVANNI FALCONE

Solution : Toutes ces personnalités ont été assassinées, sauf Romy Schneider qui s'est suicidée.

17 mars 2020 :
Une pensée pour ceux qui sortent de prison aujourd'hui. Dommage.

CARRÉ MAGIQUE

FACILE

Obtenez la somme de **18** sur toutes les lignes horizontales et verticales !

	10	
		7
4	5	

Solution page 601

ARTISTE VISIONNAIRE...

Le criquet, insecte migrateur le plus destructeur au monde !

- Il est capable de parcourir entre **100** et **150** km par jour.
- Un essaim peut atteindre jusqu'à **2 400** km², formé de **200** milliards d'individus.
- Et ce regroupement de criquets peut consommer **400 000** tonnes de nourriture par jour...

QUIZ

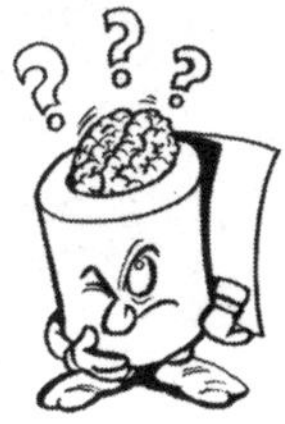

La Terre tourne autour du Soleil en...

a. décrivant une ellipse dont le Soleil est un des foyers.
b. décrivant un cercle dont le Soleil est le centre.
c. décrivant une ellipse dont le Soleil est le centre.

Solution : a. La trajectoire de la Terre autour du Soleil est bien elliptique, le Soleil étant un des deux foyers de l'ellipse. Aussi, la Terre est-elle à 147 millions de km du Soleil en janvier et à 152 millions de km en juillet.

« Chérie, t'es où ???

– Dans la CUISINE !

– J'ai une surprise !

– Tu vas me défoncer comme une chienne sur le buffet ???

– … Non… Mais tes parents sont là. »

Pulp Fiction et le LSD

Dans le très célèbre film de Quentin Tarantino sorti en 1994, toutes les montres indiquent 4 h 20. Ce serait un clin d'œil à Albert Hoffman (1906-2008), l'inventeur du LSD, qui a fait son premier trip sous cette drogue à 4 h 20 de l'après-midi, le 19 avril 1943.

LABYRINTHE

DIFFICILE

SUDOKU

1			4	2	9	6		7
	9			5				
6			3	1				5
		8		7				9
7		6				2		1
2				6		8		
3				9	2			6
				4			8	
8		4	5	3	6			2

Solution page 613

QUELLE EST L'ORIGINE DU MOT « QUARANTAINE » ?

Il signifiait à l'origine **« espace de quarante jours »**, qui fait référence à la période du carême chez les chrétiens. Elle dure 40 jours, entre le mercredi des Cendres et Pâques. Pour les croyants, ce nombre est important et revient régulièrement dans la Bible :

- Le déluge dure **40 jours** et **40 nuits**.
- Le peuple juif erre pendant **40 ans** dans le désert.
- Moïse passe **40 jours** et **40 nuits** sur la montagne du Sinaï.
- Jésus part **40 jours** dans le désert.
- Jésus passe **40 jours** avec ses disciples entre le moment de sa Résurrection (fête de Pâques) et son Ascension.

Quelle est la définition de « sentiments partagés » ?

C'est quand ta belle-mère est en train de reculer vers le ravin avec ta voiture neuve.

JEUX

MOTS CROISÉS

Horizontalement

1. Anciennes mesures agraires
2. Machine servant à étirer
3. Maladie infectieuse
4. Saison - Mammifère arboricole d'Amérique de Sud
5. Apparues - Fabriqué avec du malt
6. Préfixe - Commune française de la Mayenne
7. Gaz incolores
8. En matière de - Adjectif possessif

Verticalement

I. Hydrogène
II. Éciment
III. Saisie sur une caisse enregistreuse - Interjection
IV. Commune française des Pyrénées-Orientales - Commune française de l'Orne
V. Bramées - Radon
VI. Participe passé de « avoir » - Mammifères de l'ordre des ongulés
VII. Espagne - Perce
VIII. Classée par importance

JEUX

	I	II	III	IV	V	VI	VII	VIII
1								
2								
3						■	■	
4				■		■		
5					■			
6			■					
7								■
8		■			■			

Solution page 617

Un Écossais va voir un de ses amis, écossais également. Il le voit en train de décoller le papier peint de son salon :

« Ah ! Tu refais ton salon ?

– Non… je déménage. »

Les blagues les plus pourries du monde !

Vous connaissez l'histoire de l'armoire ?
Elle n'est pas commode…

C'est un hibou qui entre dans une casserole d'eau chaude et du coup…
Hibou.

Pourquoi un chasseur emmène-t-il son fusil aux toilettes ?
Pour tirer la chasse.

ON A ÉCHANGÉ NOS MAISONS, LA NOUVELLE TENDANCE DES VACANCES

Le principe est simple, vous laissez vos clés et votre voiture à une famille durant le temps de vos vacances, pendant que vous séjournez chez elle. Un échange qui permet de partir à l'étranger sans avoir trop de frais à débourser ! Si les pays anglo-saxons sont les plus recherchés, c'est dans ceux du sud comme l'Espagne ou l'Italie que vous trouverez le plus de propositions. Plusieurs plateformes comme HomeExchange ou Intervac sont spécialisées dans ce domaine et vous offrent des conseils sur leur site pour que tout se passe bien.

Dommage,
j'étais en face
de la poutre.

DOMMAGE,
J'ÉTAIS EN PASSE
DE LA FOUTRE.

Entendu au café du coin en 2020 (il y a des flèches, quand même !)

« Il paraît qu'en détention, ils jouent au trou de balle au prisonnier. »

« J'ai changé ma sonnerie de réveil et j'ai mis un morceau de Jul via ma clé USB à la place. Maintenant, je me lève tous les jours 5 minutes plus tôt pour ne pas l'entendre ! »

« Désolé… J'ai 96 % de batterie. Je dois te laisser… »

« Après la mort, nous deviendrons tous de la matière organique. Certains prennent de l'avance en se comportant comme des merdes de leur vivant ! »

« Quand j'étais petit, j'avais très peur des ivrognes, mais, maintenant, je sais que nous ne faisons de mal à personne. »

« Putain de merde ! Pourquoi c'est toujours les gens qui puent de la gueule qui ont des secrets à te dire ? »

« Y'a tellement longtemps que je caresse l'espoir… Un jour, je vais lui mettre profond dans le cul. Ça va lui faire bizarre ! »

« En fait, attendre à la caisse d'un supermarché, c'est comme avoir un enfant moche. Tu te dis que t'as juste choisi la mauvaise queue. »

« Certains se lèvent le matin avec l'envie de changer le monde. Moi, j'avais juste envie de faire pipi. »

« Qui sommes-nous pour juger les opinions de merde des autres ? »

« Je me demande si les femmes snobs et cultivées disent avant l'orgasme : "Puis-je ?" »

« Ma femme commence souvent sa journée par un petit acte sexuel. Là, par exemple, elle me casse les couilles. »

« Faire une pause après le sport, c'est très important. Deux à trois ans, par exemple, c'est bien… »

« Ma femme a toujours une solution à tout problème : ce matin, j'ai eu une panne de réveil… Eh ben, elle m'a chié une pendule ! »

« Décrocher la lune, c'est trop fatigant. Je préfère être dedans. »

« Si seulement j'arrivais à oublier les gens comme j'oublie les mots de passe ! »

« L'herbe n'est pas forcément plus verte à Amsterdam, mais elle déchire bien la gueule ! »

« Ça ne vous dérange pas si je viens draguer ici ? Ma CB vient d'être rejetée sur Meetic… »

« J'ai postulé pour travailler dans un pressing et ils m'ont dit de repasser demain. Je ne sais pas comment le prendre. »

MOTS MÊLÉS

Activités finissant par « iste »

Saurez-vous retrouver chacun des mots cachés dans ce tableau ?

Les mots peuvent être écrits horizontalement, verticalement, en diagonale ou à l'envers.

Mots à trouver :

1) AFFICHISTE
2) ARTISTE
3) BIOLOGISTE
4) CAVISTE
5) CHIMISTE
6) CULTURISTE
7) EBENISTE
8) ECONOMISTE
9) ETALAGISTE
10) FLEURISTE
11) FLUTISTE
12) GALERISTE
13) GARAGISTE
14) GROSSISTE
15) JURISTE
16) PAYSAGISTE
17) PIGISTE
18) STANDARDISTE
19) VISAGISTE
20) VOYAGISTE

JEUX

C	J	Q	E	Ç	O	M	F	O	E	T	S	I	M	O	N	O	C	E	T
K	Z	E	G	T	P	M	Ç	D	D	E	X	D	Y	Q	L	X	E	T	I
P	F	W	R	O	S	F	E	T	S	I	D	R	A	D	N	A	T	S	I
V	A	V	O	D	G	I	W	X	A	Ç	A	G	B	E	M	Z	S	I	D
K	H	Y	S	P	C	A	T	E	Z	Y	G	Ç	V	T	T	H	I	M	N
L	V	Q	S	Ç	E	Z	L	U	S	E	E	H	V	S	G	D	G	I	U
U	F	F	I	A	I	T	I	E	L	C	O	A	O	I	K	C	I	H	F
N	Ç	D	S	P	G	G	S	H	R	F	J	R	W	R	K	A	P	C	X
I	Q	I	T	U	X	I	N	I	H	I	M	L	D	U	E	V	W	O	S
P	W	D	E	B	K	I	S	W	G	A	S	Z	B	T	W	I	T	U	Y
L	F	Y	O	J	H	M	N	T	R	A	D	T	P	L	L	S	L	B	B
A	F	F	I	C	H	I	S	T	E	V	R	C	E	U	I	T	R	V	R
T	B	C	N	P	Ç	E	I	Q	C	H	I	A	H	C	B	E	O	M	P
S	I	R	P	M	H	S	B	F	S	D	K	S	G	T	W	Y	D	S	T
B	T	O	E	L	T	E	E	E	P	U	M	U	A	C	A	Q	E	Y	N
T	T	G	H	E	G	P	G	R	N	E	T	S	I	G	O	L	O	I	B
L	J	U	R	I	S	T	E	B	D	I	V	L	I	Y	I	I	I	O	S
J	A	H	R	J	W	X	S	V	Q	F	S	S	B	Z	T	S	M	E	Y
F	L	E	U	R	I	S	T	E	Z	Q	T	T	X	W	M	Q	T	W	Ç
F	E	T	S	I	G	A	L	A	T	E	G	T	E	O	Ç	W	K	E	V

Solution page 605

LE JOUR OÙ BRUNO MARS A DÉTRÔNÉ EMINEM

Le chanteur a affronté le rappeur mondialement célèbre dans un duel de rap et a pris un malin plaisir à le battre sur son propre terrain. « *Je lui ai fermé son clapet là et là* », s'est amusé à dire **Bruno Mars**. Sa récompense était connue d'avance : en cas de victoire, **Eminem** devait accepter de faire une chanson avec lui. C'est de ce combat d'artistes qu'est née la chanson « **Lighters** » !

Pour faire tenir son parfum, rien de tel que... la vaseline !

Les experts en parfumerie sont unanimes : avant chaque vaporisation de parfum, il est nécessaire d'hydrater la zone. Tout d'abord pour protéger la peau sensible de possibles irritations liées à l'alcool, mais aussi parce qu'elle constitue une base neutre qui va capturer l'effluve et le faire durer. C'est pourquoi la vaseline est une bonne alliée qui fait tenir le parfum plus longtemps, à l'image d'un *primer* (base de maquillage) qui prépare la peau à accueillir du fond de teint ! Si vous n'en avez pas, pas de problème, une crème hydratante en sortie de douche fera tout aussi bien l'affaire.

CARRÉ MAGIQUE

MOYEN

Obtenez la somme de **80** sur toutes les lignes horizontales et verticales !

17			5	11
	12		19	25
20	26	7		
	15	21	27	
28		10	16	22

Solution page 601

QU'EST-CE QUE TU FAIS ?
J'ÉCOUTE LE CHANT DES BALEINES

Humour

Arnaud rend visite à son pote hyper déprimé, Victor :
« Allez mon ami ! Il faut te ressaisir un peu ! On va manger un bout ensemble au resto du coin !
– Bof… Manger, toujours manger…
– Bon, alors on va aller boire un coup au pub !
– Bof… Boire, toujours boire…
– Alors, dans ce cas, je t'invite chez moi. Ma femme a aussi invité sa sœur ce soir !
– Bof… Baiser, toujours baiser… »

Ça vous arrive de boiter dans la douche ?

ÇA VOUS ARRIVE DE DOIGTER DANS LA BOUCHE ?

L'ANCÊTRE DE SARAH JESSICA PARKER ÉTAIT UNE SORCIÈRE !

C'est en tout cas ce qu'a découvert l'actrice héroïne de *Sex & the City* lors d'une émission télévisée qui retrace l'histoire de l'invité : une de ses ancêtres aurait été l'une des sorcières jugée au procès de Salem !

Tony et Victor, deux amis, vont boire un coup au bistrot du coin :
« Alors, Victor, comment ça va depuis le temps ?
– Bof…
– Et ta femme ?
– Ben, justement… Je n'arrive pas à savoir pourquoi, il y a trois mois, je lui ai dit un mot qui n'a pas dû lui plaire et depuis, elle ne m'adresse plus la parole.
– Oh !!! Sois sympa, mon pote ! Dis-moi quel est ce mot ??? »

Les brèves incroyablement vraies du WC BOOK

- Le requin est le seul de la famille des poissons à avoir des paupières !
- Le jaune-vert est la couleur la mieux perçue par l'œil humain.
- L'appel du 18 juin du général de Gaulle n'a pas été enregistré.
- On a trouvé encore plus paresseux que le paresseux ! Il s'agit du koala, qui passe plus de vingt-deux heures par jour à dormir.
- Carlos est le vrai prénom de Chuck Norris.
- Statistiquement, les serveuses blondes reçoivent plus de pourboires que les brunes.
- Un crocodile adulte peut passer deux années sans se nourrir.
- Il est impossible de prouver scientifiquement, ni par l'expérience, ni par la logique pure, que le temps existe vraiment.

LES QUESTIONS À LA CON

COMMENT DEVIENT-ON UN HABITUÉ DE LA DISCOTHÈQUE QUI NE NOUS LAISSE JAMAIS RENTRER CAR SEULS LES HABITUÉS ENTRENT ?

AVANT DE DÉLIVRER SON DIAGNOSTIC, L'UROLOGUE, EN TANT QUE PRO, SE TÂTE ?

QUAND UN MÉCANICIEN PÈTE, PEUT-ON DIRE QUE SON JOINT DE CUL LÂCHE ?

QUEL EST L'ACTEUR QUI A LA MAIN VERTE ?

Solution : Jean Dujardin.

COMMENT SORT-ON DE LA MER ROUGE ?

Solution : Mouillé !

Un petit ours blanc se promène sur la banquise avec ses parents. Il demande à sa mère :
« Maman, maman... C'est vrai que je suis un petit ours blanc ?
– Mais bien sûr mon chéri ! »
Un quart d'heure plus tard, il se retourne vers son père :
« Papa, papa... C'est vrai que je suis un petit ours blanc ?
– Bien sûr mon fils ! »
Un peu plus tard, il repose la même question à sa mère, puis à son père.
Celui-ci commence à être excédé :
« Bon, maintenant, ça suffit ! Pourquoi tu nous poses toujours cette question, fiston ?
– Ben... C'est parce que j'ai un peu froid ! »

Le saviez-vous ?

On est les champions !

Selon une enquête internationale réalisée par l'institut économique de la fondation Hans-Böckler, c'est en France que l'on dénombre le plus de journées de grève pour 1 000 employés, soit 118 jours par an. Cette moyenne annuelle a été calculée dans le secteur privé et les entreprises d'État entre 2008-2016. Le ratio est élevé en comparaison d'autres pays comme les États-Unis ou la Suisse, mais en Belgique et au Canada, le recours à l'action syndicale est également répandu puisqu'on compte respectivement 88 jours et 74 jours de grève par an pour le même nombre de salariés. La « culture de la grève » n'est donc pas uniquement française !

Classement ordonné par le nombre annuel moyen de jours de grève pour 1 000 salariés :

1) France = 118 jours
2) Belgique = 88 jours
3) Canada = 74
4) Espagne = 57
5) Royaume-Uni = 21
6) Allemagne = 16
7) États-Unis = 5
8) Suisse = 1

COMMENT APPELLE-T-ON UN CHEVALIER QUI PERD SES DOIGTS LORS D'UN COMBAT À L'ÉPÉE ?

Solution : Lépreux chevalier.

COMMENT NETTOIE-T-ON UNE TACHE DANS LA JUNGLE ?

Solution : Avec du détarzan.

LABYRINTHE

MOYEN

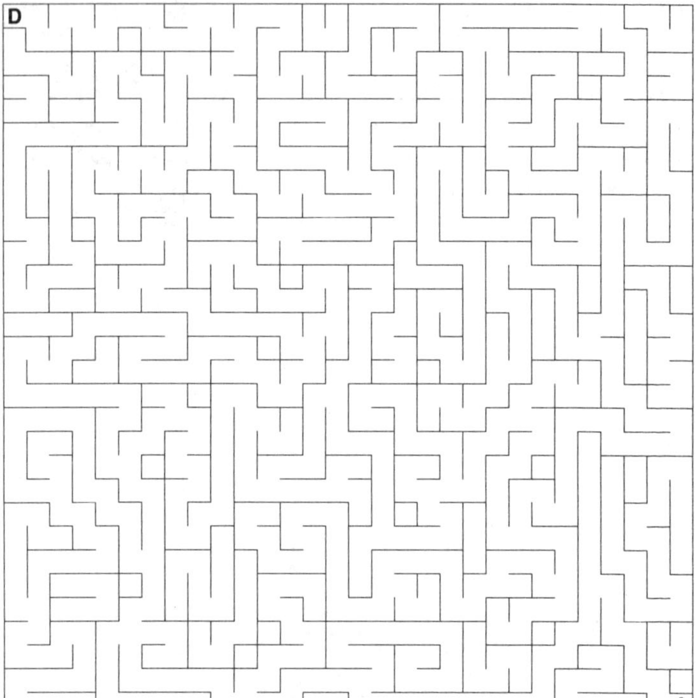

SUDOKU

8			5	9				
					2		9	3
6		9		3	1			
9	8				6		4	5
		1		5		7		
4	5		1				2	6
			4	1		3		2
7	4		3					
				6	9			4

Solution page 613

Calendrier grégorien :
1 mois = 30 jours

Calendrier lunaire :
1 mois = 29 jours

Calendrier bancaire :
1 mois = 15 jours

L'expression « blanchiment d'argent sale » n'est pas une métaphore !

Son origine historique remonte aux alentours de 1925, lorsque le comptable du célèbre Al Capone, nommé Meyer Lanski, a une idée : pour faire entrer en comptabilité les espèces faramineuses que son patron obtient grâce à ses crimes, à la prostitution et à la prohibition, il rachète une chaîne de laverie automatique dans les villes de l'Est américain. Ainsi, il a pu faire entrer dans les caisses de ces magasins des bénéfices impossibles à déclarer ailleurs. Jamais on ne connut de petits commerces aussi rentables, ce qui finit par mettre la puce à l'oreille de l'administration… En 1931, Al Capone fut condamné non pas pour meurtre, mais pour fraude fiscale !

CITATIONS

Silvio Berlusconi et ses conneries

« C'est mieux d'être friand de jolies filles que d'être gay. »

« Comment il s'appelle déjà ? Un gars bronzé. Ah oui, Barack Obama ! »

« Moi, je collectionne une blague par jour... et une nana tous les jours. »

« Il faudrait tellement de soldats puisqu'il y a tellement de belles filles que cela ne sera jamais possible. » - À propos de viols à Rome.

« Nous avons un jeune homme de 39 ans (Macron), avec de belles expériences professionnelles... Et, surtout, une jolie maman qui le portait dans ses bras lorsqu'il était enfant. »

« Mussolini n'a jamais tué personne. Il se contentait d'envoyer ses opposants en vacances, loin. »

« Dans quelques mois, je m'en vais pour m'occuper de mes oignons, ailleurs, je m'en vais de ce pays de merde qui me donne envie de vomir. »

« Ces logements actuels, des tentes, sont un peu temporaires, mais ils devraient le voir comme un week-end de camping. »
- À propos du tremblement de terre de 2009.

« Nous devons être conscients de la supériorité de notre civilisation, l'Occident continuera à conquérir des peuples, il l'a déjà fait avec le monde communiste et avec les pays arabes modérés. »

CITATIONS

« Lisez *Le Livre noir du communisme* et vous découvrirez que, dans la Chine de Mao, ils ne mangeaient pas les enfants, mais les cuisaient pour fertiliser les champs. »

« La nuit dernière, j'avais une file d'attente devant la porte de ma chambre... Il y en avait onze... Je n'en ai reçu que huit parce que je ne pouvais pas faire plus. »

« Le Milan est une affaire de cœur, c'est coûteux, mais même les belles femmes sont coûteuses. »

« Je suis le Jésus-Christ de la politique. Une victime patiente qui supporte tout, qui se sacrifie pour tous. »

« On sait souvent que les femmes sont des kapos auxquels on ne peut pas dire non. »

« Le Milan... n'a pas mal joué et j'ai vu trois buts, il n'y avait pas de hors-jeu. Il faut dire que le Milan a souvent affaire à des arbitres de gauche. »

« Mes enfants disent qu'ils se sentent comme devaient se sentir les familles juives en Allemagne sous le régime d'Hitler. Nous avons vraiment tout le monde contre nous. »

« Je n'ai rien contre les homosexuels. Au contraire, plus il y a de gays autour de moi, moins il y a de compétition. »

Humour

Louis entre dans un magasin de musique pour voir les instruments qui y sont proposés. Après avoir fait un tour de la boutique, il sort et va dans la boutique d'à côté, une armurerie.
Il réalise que le vendeur est le même homme que dans le magasin de musique et que les boutiques communiquent. Il l'interroge :
« Je ne comprends pas, monsieur. Comment un homme amateur de musique peut-il aussi vendre des armes ?
– C'est pour gagner ma vie. Quand je vends un instrument à un débutant, j'ai de bonnes chances de voir un de ses voisins me demander un fusil. »

Le saviez-vous ?

La guerre des vaches !

Tout commence en avril 1921, lorsqu'un fromager nommé Léon Bel dépose une nouvelle marque au tribunal de commerce. Il s'agit de La Vache qui rit, le fromage fondu qu'il vient tout juste d'inventer et que tout le monde connaît aujourd'hui. Ce nouveau produit se vend si bien, que de nombreux concurrents fleurissent sur le marché : La Vache qui lit, La Vache heureuse, La Vache qui parle… et le plus redoutable de tous, La Vache sérieuse, lancé en 1926 par la fromagerie Grosjean avec pour slogan : *« Le rire est le propre de l'homme, le sérieux celui de la vache. »* La Vache qui rit contre-attaque avec une autre devise mais rien n'y fait, son concurrent continue de grignoter des parts de marché ! Comme ultime recours, les fromageries Bel décident de porter plainte pour contrefaçon et c'est ainsi que débute un conflit qui va durer 33 ans !

En 1959, la Cour d'appel de Paris contraint la société Grosjean à rebaptiser son fromage fondu. La Vache sérieuse devient « Le Grosjean », puis « La Vache Grosjean », avant d'être nommée « La Bonne Vache ». En 1969, elle est rachetée par Nestlé, avant de l'être par le groupe Lactalis en 1985. Mais le géant des produits laitiers choisit finalement d'abandonner ce produit. La raison ? Le groupe Bel y est actionnaire de 24 %…

CARRÉ MAGIQUE

DIFFICILE

Obtenez la somme de **268** sur toutes les lignes horizontales et verticales !

	64	7	13	34		23	45
57	11	4			43	20	30
60	54	17		28	38		19
63	5	10	56		21	42	40
15			8	47	37	26	24
	6	65	51	44	22	33	
9		52	14	25		36	46
2	16		61	18	48		29

Solution page 601

MONTRE-MOI CE
QUE TU SAIS FAIRE !

« Attends que ce soit
CHAUD et HUMIDE.
Tu appuies là, légèrement…
Tu vas et viens,
TU VAS ET VIENS…

Tu vois, chéri, le repassage,
c'est simple ! »

QUELLE EST LA DIFFÉRENCE ENTRE LE 51 ET LE 69 ?

Solution : Le 51 sent l'anis.

QUE DISENT DEUX BÛCHERONS QUI S'ENGUEULENT ?

Solution : Va scier !

Humour

Un manchot entre dans le pub. Il demande au serveur :
« Vous pourriez m'aider à boire ma bière, s'il vous plaît ?
– Bien sûr, monsieur ! »
Et le serveur lui tient le verre pour qu'il puisse boire.
« Vous pourriez m'aider à m'essuyer la bouche avec mon mouchoir ?
– Bien évidemment, monsieur. »
Et le serveur fouille dans la poche du manchot, en ressort un mouchoir et lui essuie la bouche.
« Vous pourriez prendre les pièces dans l'autre poche de mon pantalon pour vous régler ma bière ?
– Oui monsieur. »
Et le serveur récupère quelques pièces pour se payer.
« Ah, avant de partir… Vous pourriez m'indiquer où se trouvent les toilettes ?
– Heu… C'est en face, à la station-service. »

Charade

Mon **premier** termine le **BLÉ**,

Mon **deuxième** se **JOUE**
en les lançant,

Mon **troisième** compose le
CENTRE DU PAIN.

Mon **tout** est composé de
PLUSIEURS STADES
en fonction de la gravité.

Solution : Épi-dés-mie (Épidémie).

Vous ne le saviez
peut-être pas, mais le
chanteur, écrivain et comédien
Bruno Caliciuri, dit Cali, a
traversé une période punk à
l'adolescence. Il y a d'ailleurs
créé son premier groupe à
l'âge de 15 ans qui s'appelait…
Pénétration anale !

Ne JAMAIS
se moquer des
cougars, car les
mûres ont des
oreilles !

QUI EST L'INTRUS ?

INNOCENT

BENOÎT

CLÉMENT

ALEXANDRE

LÉON

JEAN-PAUL

GRÉGOIRE

FRANÇOIS

JULES

NICOLAS

OCTAVE

Solution : Tous ces prénoms ont été portés par des papes, sauf Octave.

Des étés meurtriers

Si on sait que l'été 1911 a fait **40 000 décès** et que la redoutable canicule de 2003 en a fait **15 000**, on ignore bien souvent l'hécatombe de 1636, qui a tué **500 000 sujets** du roi Louis XIII ! Ce carnage s'explique par des épidémies de dysenterie (diarrhée) qui déshydratait davantage la population, en cette période de forte chaleur ! Les étés de 1718 et 1719 sont eux aussi restés dans les mémoires avec **700 000 victimes** et une région parisienne transformée en désert, envahie par des nuées de sauterelles ! Rien que ça !

JEUX

MOTS MÊLÉS

Animaux disparus

Saurez-vous retrouver chacun des mots cachés dans ce tableau ?

Les mots peuvent être écrits horizontalement, verticalement, en diagonale ou à l'envers.

Mots à trouver :

1) AUROCHS
2) BOIDAE
3) BUBALE
4) DODO
5) GRIZZLY
6) MAMMOUTH
7) MEGALADAPIS
8) MOA
9) NESOPHONTIDAE
10) QUAGGA
11) ROUGETTE
12) STEGODON
13) TARPAN
14) THYLACINE
15) TOURTE

JEUX

S	C	B	T	B	X	S	S	C	B	O	I	D	A	E	M	M	R	V	I
M	C	A	A	N	R	L	X	S	O	X	N	J	I	R	C	C	I	K	P
Ç	E	X	R	T	O	U	R	T	E	H	E	B	F	Z	V	Z	O	Q	P
B	A	G	P	Q	E	L	P	W	T	E	S	X	Z	K	R	D	U	O	Ç
U	B	N	A	L	S	R	O	U	M	A	O	L	F	G	U	A	H	R	Z
W	L	R	N	L	W	D	O	A	U	W	P	M	K	V	G	R	C	M	Q
T	M	S	G	I	A	M	R	R	J	V	H	Z	Ç	G	R	W	L	S	P
U	P	O	P	B	M	D	O	U	M	Y	O	G	A	Q	I	G	H	T	X
T	T	U	A	A	Q	C	A	L	M	C	N	K	L	Q	Z	Ç	S	E	T
R	P	W	M	F	H	E	N	P	M	D	T	M	G	X	Z	O	O	G	M
X	U	H	S	S	G	B	E	X	I	L	I	K	M	A	L	E	H	O	X
N	R	F	C	G	W	G	H	T	O	S	D	C	K	E	Y	L	S	D	T
T	H	Y	L	A	C	I	N	E	T	Z	A	J	Q	D	P	A	C	O	I
K	A	M	C	K	V	I	W	Ç	H	E	E	T	Y	O	Q	B	J	N	J
S	U	Q	N	D	O	D	O	O	K	B	G	I	G	U	S	U	F	V	I
B	J	J	X	I	M	J	C	K	E	J	B	U	B	Ç	H	B	L	L	V
D	Y	A	A	I	I	K	P	K	A	W	H	B	O	T	Z	Ç	S	Y	G
Ç	G	G	Y	S	N	X	C	Y	O	X	T	G	O	R	N	P	T	C	F
J	P	Z	C	M	I	I	J	G	T	B	H	J	P	L	M	U	W	G	A
P	P	N	W	V	W	Ç	S	X	E	R	A	Z	V	O	Ç	C	M	I	F

Solution page 605

QUE SIGNIFIE L'EXPRESSION « REMETTRE AUX CALENDES GRECQUES » ?

Vers 45 av. J.-C., Jules César fait réorganiser le calendrier pour que l'année soit divisée en 12 mois de 30 ou 31 jours (sauf pour février qui en compte soit 28 soit 29) : c'est ce que l'on appelle le calendrier julien. Les calendes sont alors le premier jour de chaque mois, où les débiteurs doivent régler leurs dettes. Si cette réforme s'impose presque partout, certaines régions y restent réticentes, et notamment les Grecs, qui continuent de compter le temps sans les calendes. Augustin serait le premier à avoir employé **« calendes grecques »** pour parler des débiteurs dont on ne savait pas quand ils allaient payer. Cette expression, ancêtre de la **« saint-glinglin »**, veut donc dire « reporter à une date qui n'existe pas » !

Faire soi-même un mot pour sortir de chez soi...

J'ai failli imiter la signature de ma mère, machinalement.

18 mars 2020 :
Les clubs échangistes sont fermés ou pas ?
Si vous y allez, évitez juste de serrer des mains.

Humour

Les phrases impossibles à répéter !

Le cricri de la crique crie son cri cru et critique car il craint que l'escroc ne le croque et ne le craque.

Agathe attaque Tac, Tac attaque Agathe.

Ces Basques se passent ce casque et ce masque jusqu'à ce que ce masque et ce casque se cassent.

QUIZ

Dans combien des 50 États d'Amérique, le cannabis est-il autorisé ?

a. 3
b. 12
c. 21
d. 39
e. 47
f. 50

Solution : e. Le Dakota du Sud, le Kansas et l'Idaho sont les trois seuls États à camper sur leurs positions prohibitionnistes. Dans les autres, la consommation de cannabis est soit complètement légale, soit limitée à un usage médical, soit débattue ou en cours de légalisation.

Et enfin, vous allez lire ça

VOUS ALLEZ LIRE ÇA EN PREMIER

Puis vous allez lire ça

Puis ça

Pour ceux qui devaient se marier ce mois-ci, la vie vous a donné une seconde chance : réfléchissez bien !

19 mars 2020 :
On nous prend pour des cons : on nous demande de nous serrer les coudes après nous avoir conseillé d'éternuer dedans !

JEUX

MOTS CROISÉS

Horizontalement

1. À nouveau percée
2. Embourbant
3. Risque
4. Petites moulures
5. En matière de - Cérémonie
6. Raisonnable
7. Prénom - Participe passé de « être »
8. Erbium

Verticalement

I. Réparer un cylindre
II. Embourber
III. Fabriqués avec du malt - Dément
IV. Accrochât - Scandium
V. Espagne - Point de départ d'une chronologie particulière
VI. Peintre italien, disciple de Léonard de Vinci - Sigle militaire « en retraite »
VII. Pronom adverbial - Note
VIII. Conjonction de coordination - Xénon - Erbium

JEUX

	I	II	III	IV	V	VI	VII	VIII
1								
2								
3					■		■	■
4								
5			■	■				
6						■	■	■
7					■			
8		■		■			■	

Solution page 617

CARRÉ MAGIQUE

FACILE

Obtenez la somme de **15** sur toutes les lignes horizontales et verticales !

4		3
9		
	6	

Solution page 601

ATTENTION...
CHEEESE !

Grammaticalement,
si on écrit :
« Dana est belle »,
« belle » devient
l'attribut de Dana.

COMMENT APPELLE-T-ON UNE FLEUR QUI NE PREND SA GRAINE QU'À MOITIÉ ?

Solution : Une migraine.

DEUX GRAINS DE SABLE ARRIVENT À LA PLAGE. QUELLE EST LEUR RÉACTION ?

Solution : « Purée, c'est blindé aujourd'hui ! »

LABYRINTHE

DIFFICILE

SUDOKU

6	7		1		3	2		
		1	6		4		3	
9	3			7				1
	8	6		5				
			2		8			
				4		1	5	
4				3			1	5
	1		4		5	7		
		8	9		1		2	4

Solution page 613

Lucie a rendez-vous avec le DRH d'une grande société pour un entretien :

« Quel est votre principal défaut ?

– L'honnêteté.

– Mais… Je ne pense pas que ce soit un défaut.

– J'en ai rien à foutre de ce que vous pensez ! »

Énigme à la con

Un collectionneur de monnaies anciennes tombe par hasard, un jour de promenade lors d'une brocante, sur une pièce de monnaie romaine légèrement endommagée correspondant à l'époque de la guerre des Gaules et de la victoire de César ; elle porte une date inscrite en caractères romains vite déchiffrés : « *52 avant Jésus-Christ* ». Elle pourrait avoir une valeur inestimable, et le prix auquel elle est proposée est presque dérisoire. Pourtant, le collectionneur ne l'achète pas. Pourquoi ?

Solution : En 52 avant Jésus-Christ, on ne risquait pas d'écrire « *52 avant Jésus-Christ* », car on ne savait pas qu'on était en 52 avant Jésus-Christ !

Au temps de César, deux officiers romains discutent :
« TU NE DEVINERAS JAMAIS AVEC COMBIEN DE FEMMES J'AI COUCHÉ !
– MMM ?
– QUAND MÊME PAS AUTANT ! »

Gagnez de l'argent… en marchant

C'est ce que propose l'application « WeWard » en comptabilisant vos pas quotidiens grâce à vos données de géolocalisation (il vous faut marcher et/ou visiter des lieux/magasins en partenariat avec l'application). Ces pas sont ensuite convertis en « wards », lesquels peuvent être changés en euros ou en bons d'achat. Pour vous donner un ordre d'idée : 1 000 pas vous donnent un ward et 100 wards égalent 2 €.

LES PERLES DU CONFINEMENT

On a bien rigolé d'eux, mais n'empêche, ceux qui ont acheté le programme « COMME J'AIME » n'ont pas besoin de faire des courses en ce moment !

20 mars 2020 :
Le battement d'ailes d'un papillon au Brésil peut-il provoquer une tornade au Texas ?

Par contre, un mec qui bouffe un pangolin à Wuhan peut provoquer une pénurie de pâtes et de PQ au LIDL de Melun !

Cette petite
bouille a rempli
sa couche.

**CETTE PETITE
COUILLE A REMPLI
SA BOUCHE.**

CES STARS ÉCOUTENT DU METAL ET VOUS NE LE SAVIEZ MÊME PAS !

Le prince Harry
Stephen King
Nicolas Cage
Jim Carrey
Lady Gaga
Cameron Diaz

Les brèves incroyablement vraies du WC BOOK

- En russe, *Blédina* signifie « prostituée ».
- Pluto est nommé ainsi en hommage à la planète naine, Pluton, la seule découverte, à cette époque, par un Américain.
- Seuls 22 pays actuels n'ont jamais été envahis par l'Angleterre.
- Les oiseaux ont toujours les pattes froides.
- Manger une pomme le matin est plus efficace que le café pour vous réveiller.
- Le rythme cardiaque d'un colibri mâle en colère peut atteindre 1 000 pulsations par minute pour un total de 500 respirations !
- Eugène Rostand (père d'Edmond) est l'un des promoteurs et premiers administrateurs de la Caisse d'Épargne.
- Le premier à utiliser le mot « tube » pour qualifier une chanson à succès est l'écrivain Boris Vian (1920-1959).

« Tu pourrais m'inviter au moins au resto ou au ciné !
– Je ne sors pas avec des femmes mariées. Désolé !
– Mais je suis ta femme !!!
– Je ne fais pas d'exception. »

C'EST MA PREMIÈRE FOIS AVEC UNE FEMME FONTAINE. FAUT-IL SE MOUILLER LA NUQUE AVANT ?

QUE SE PASSERAIT-IL SI TOUT LE MONDE CONTRACTAIT ALZHEIMER EN MÊME TEMPS ET QUE PERSONNE NE S'EN RAPPELAIT ?

EST-CE QUE LES NAINS DÉPENSENT MOINS CAR, AU SUPERMARCHÉ, LES PRODUITS LES MOINS CHERS SONT EN BAS ?

Napoléon, pas si petit que ça ?

Contrairement aux idées reçues, l'ancien empereur des Français n'était pas si petit que ça pour son époque. Il mesurait 1,69 m (mesures prises à sa mort) alors que la moyenne des hommes était d'1,65 m environ. Alors pourquoi est-ce que l'on croit qu'il était de petite taille ? À cause de comparaisons malheureuses avec les hommes de la Garde impériale qui devaient mesurer au moins 1,70 m sous peine d'être recalés. La plupart dépassaient même le mètre 80 ! Évidemment, à côté d'eux, Napoléon passait pour un petit homme et sa corpulence lui conférait une apparence « trapue » qui n'arrangeait rien... De même, le bicorne qu'il portait jouait en sa défaveur face aux chapeaux de maréchaux, bien plus hauts. Et voilà comment la rumeur se perpétue depuis des siècles...

« T'es pâtissier ?
– Oui, mais z'ai
tiré la sasse ! »

POURQUOI LES VACANCES EN IRLANDE SONT-ELLES PARTICULIÈREMENT TONIQUES ?

Solution : Parce qu'un peu d'Éire, ça fait Dublin !

POURQUOI LE PATINAGE ARTISTIQUE EST PÉNIBLE ?

Solution : Parce que le patin agace…

« Belle-maman,
vous êtes attendue
aux urnes !
– Mais… Il n'y a pas
d'élections cette année !?
– Qui a parlé
de politique ? »

CARRÉ MAGIQUE

MOYEN

Obtenez la somme de **80** sur toutes les lignes horizontales et verticales !

15	21	27		
28		10		22
11	17		24	5
		6	12	18
7	13		20	

Solution page 601

SEX-SHOP
JAMBE GONFLABLE

Le saviez-vous ?

Se retenir d'uriner n'est pas sans risque !

Que ce soit par manque de temps, notamment au travail, ou à cause de la saleté des toilettes publiques, beaucoup se retiennent d'aller se soulager. Pourtant, la vessie a une contenance maximale d'un peu plus de 400 millilitres. Ainsi, un humain a en moyenne besoin d'uriner cinq fois par jour et, après 50 ans, s'ajoute au moins une fois par nuit. En fonction de notre alimentation, nous éliminons chaque jour environ 2 litres d'eau et, avec elle, des toxines que les reins ont filtrées, qu'il n'est pas bon de retenir ! Le meilleur moyen de désinfecter une vessie est de la vider fréquemment et en totalité. Ne pas suivre ces recommandations entraîne une stagnation de l'urine, donc une accumulation de bactéries qui peut causer une infection urinaire ou une cystite, problèmes

plus fréquents chez les femmes. Et s'il y a bien un moment où il ne faut jamais se retenir, Mesdames, c'est après un rapport sexuel ! Lors d'un rapport, les germes situés au niveau du périnée remontent au niveau de l'urètre jusqu'à la vessie. En urinant, la miction va « laver » l'urètre de ces germes.

Mais pourquoi les femmes sont-elles plus touchées par les infections urinaires ? Parce qu'elles font soit le choix de se retenir, soit elles refusent de s'asseoir sur les toilettes. Elles restent alors en équilibre, genoux fléchis, et dans cette position elles gardent la vessie en permanence semi-pleine, ce qui favorise les cystites.

LABYRINTHE

MOYEN

SUDOKU

1		2	4			7		
				7	1	8	2	
9		7	8				1	3
	6	8	1				7	
		1				9		
	7				6	5	4	
7	9				8	4		5
	2	6	5	4				
		4			7	2		8

Solution page 613

« AHHHHH,
les soldes !
Cette période où
tu aimerais tant
faire du XXS
en chaussant
du 49 ! »

COMMENT APPELLE-T-ON UN COVOITURAGE AU SÉNÉGAL ?

Solution : Un Babacar !

POURQUOI LES OISEAUX VOLENT-ILS VERS LE SUD ?

Solution : Parce qu'à pied, c'est beaucoup trop long.

Le saviez-vous ?

Et si la poule avait déjà eu des dents ?

On dit toujours « quand les poules auront des dents » pour signifier « jamais ». Et pourtant, les poules ont déjà eu des dents, comme les autres oiseaux… à l'époque des dinosaures ! L'hypothèse que les oiseaux descendent de ces grandes créatures, et notamment des théropodes, date de 1861, lors de la découverte du fossile d'un archéoptéryx. Cet être qui pouvait planer avait tout d'un lézard volant : des plumes, et des dents solides et aiguisées. Elles lui étaient utiles pour se nourrir, avant que la météorite ne s'écrase sur la Terre et ne tue une grande partie de ces êtres vivants, forçant les autres à évoluer à la fin du Crétacé. Puisque la nourriture qui demandait une mastication a disparu, les dents sont devenues obsolètes. Ainsi, par l'évolution des ancêtres des oiseaux, la dentition de cette espèce a été remplacée par un bec pour picorer le sol.

Moshé cherche à se garer dans le Sentier. Six fois qu'il fait le tour du quartier et… aucune place de libre ! Il commence à s'exaspérer et se met à prier :
« Mon Dieu ! Je t'en supplie, mon Dieu ! J'ai un rendez-vous très important, je vais être en retard ! Si tu me trouves une place dans les cinq minutes, je te promets que j'offre 10 % de mon chiffre d'affaires à la synagogue ! »

Trente secondes plus tard, une place se libère devant ses yeux !
Moshé s'écrie alors :
« Ne cherche plus, mon Dieu ! J'ai trouvé ! »

Charade

Mon **premier** est **IDIOT**,

Mon **deuxième** est la **TIENNE**,

Mon **troisième** est la **MOITIÉ**,

Mon **quatrième** est un **PAYS**.

Mon **tout** fait naître la

PEUR DE LA MALADIE.

Solution : Con-ta-mi-nation (Contamination).

CES CÉLÉBRITÉS QUI ONT FAIT LEURS DÉBUTS AU CLUB MED

- **Patrick Bruel** y était chanteur.
- **Nicolas Canteloup** était moniteur d'équitation.
- **Denis Brogniart** était à la fois maître-nageur et animateur.
- **Anne Roumanoff** était animatrice du Mini Club Med.
- **Pierre Ménès** était moniteur de tennis.
- **Kad Merad** était comique, mais également animateur.
- **Jean-Luc Reichmann** était, quant à lui, responsable animations.

ARIANA GRANDE N'EST PAS QU'UNE CHANTEUSE...

Elle est aussi experte en imitations ! La star, qui n'a jamais pris de cours de chant, est autodidacte ; elle a appris à utiliser sa voix de soprano en imitant ses chanteuses préférées. Résultat ? Elle sait imiter à la perfection **Whitney Houston**, **Céline Dion**, **Christina Aguilera**, **Mariah Carey** et **Britney Spears**.

Le saviez-vous ?
Selon une étude,
100 % des phrases
qui commencent par :
*« Avec tout le respect
que je vous dois »*
signifient :
*« Va bien te faire
enculer ! »*

QUELLE EST LA DIFFÉRENCE ENTRE UN CLIP DE RIHANNA ET UN FILM PORNO ?

Solution : La musique est mieux dans le film porno !

QU'EST-CE QU'UNE RÉUNION D'ANCIENS ÉLÈVES ?

Solution : C'est une réunion où vos anciens copains de classe ont tellement vieilli qu'ils ont du mal à se reconnaître !

Sophie se rend dans une animalerie :
« Bonjour monsieur. Je voudrais 4 souris, 2 rats, 34 cafards et 9 araignées, s'il vous plaît.
– C'est pour un élevage ?
– Non. C'est mon propriétaire qui m'a demandé de rendre l'appartement comme il était au moment où je l'ai eu. »

JEUX

MOTS MÊLÉS

Animaux polaires

Saurez-vous retrouver chacun des mots cachés dans ce tableau ?

Les mots peuvent être écrits horizontalement, verticalement, en diagonale ou à l'envers.

Mots à trouver :

1) BALEINE
2) BELUGA
3) BŒUF MUSQUE
4) HARFANG
5) LEMMING
6) LIEVRE
7) LION DE MER
8) LOUP ARCTIQUE
9) MANCHOT
10) MORSE
11) NARVAL
12) OTARIE
13) OURS
14) PHOQUE
15) PINGOUIN
16) RENARD
17) RENNE
18) STERNE

JEUX

T	Z	C	Y	L	U	S	H	P	R	J	W	Ç	P	S	J	Y	K	Q	H
B	F	M	A	I	K	V	A	E	K	S	H	E	N	R	E	T	S	B	F
T	G	O	G	M	I	Z	G	I	Ç	W	C	P	J	O	E	R	R	R	G
O	W	G	A	O	E	X	U	R	T	D	Y	L	I	J	I	N	Z	N	E
E	F	N	K	T	U	F	L	A	Ç	E	G	N	I	M	M	E	L	U	Ç
P	B	M	J	A	Q	Q	E	T	U	L	R	L	B	L	M	O	C	Y	H
H	U	Ç	L	P	S	U	B	O	U	T	O	H	C	N	A	M	O	V	E
O	U	V	X	Q	U	X	U	K	G	A	P	Y	E	B	R	V	L	X	L
Q	B	O	Y	Z	M	X	S	D	H	U	Z	D	V	E	Q	O	R	F	R
U	L	H	J	B	F	C	I	E	K	Ç	I	H	M	K	U	P	Y	A	V
E	T	W	L	D	U	O	B	B	H	L	B	E	H	P	I	S	G	Q	N
G	P	E	R	V	E	I	L	E	O	J	D	E	A	N	V	U	X	U	G
Q	L	L	Z	H	O	Z	V	U	V	N	W	R	G	A	F	H	G	M	X
E	N	N	E	R	B	L	R	A	O	W	C	O	J	M	A	R	I	K	Y
J	U	Ç	W	F	K	S	R	I	Z	T	U	W	O	R	K	O	M	C	H
O	F	W	B	K	S	Z	L	P	I	I	E	R	F	E	Y	G	E	K	H
E	B	T	N	S	G	H	U	Q	N	Y	S	A	R	N	P	A	D	A	C
E	N	I	E	L	A	B	U	T	R	E	N	P	O	A	O	V	K	E	Y
S	G	X	V	N	J	E	R	M	N	G	W	O	T	R	A	A	Y	T	U
R	K	U	T	B	Ç	I	H	P	N	F	Y	K	B	D	K	T	Z	N	Y

Solution page 606

QUI EST L'INTRUS ?

CORSE

FORT NATIONAL

SABLOT

LA CONCHÉE

GRAND BÉ

PELÉE

ROUZIC

ILLIEC

MILLIAU

RENOTE

CIGOGNE

SAINT-NICOLAS

MARTINIQUE

Solution : Toutes ces îles sont marines, à l'exception de l'île Sablot (sur l'Adour) qui est fluviale.

Les températures de l'espace

S'il fait en moyenne **– 270 °C** dans l'espace, les températures de surface varient énormément d'un astre ou d'une planète à l'autre :

- La Lune : de **125 °C** (le jour) à **– 170 °C** (la nuit)
- Le Soleil : entre **4 200 °C** et **8 500 °C** selon les couches
- Mars : de **20 °C** à **– 143°C**
- Saturne : **– 190°C** en moyenne
- Pluton : **– 230°C** en moyenne
- Mercure : de **427 °C** à **– 150°C**
- Vénus : **465 °C** en moyenne

LA CHANSON QUI A BOULEVERSÉ LA VIE D'OMAR SY

Extrait de l'album *Entre gris clair et gris foncé*, c'est le tube « C'est ta chance », de **Jean-Jacques Goldman** qui l'a profondément touché. Il raconte l'histoire d'une personne qui doit se battre pour réussir, tout comme le jeune homme a dû le faire pour sa carrière. L'acteur s'est confié en expliquant : « *J'entends qu'il dit : "Toi t'es pas très catholique et t'as une drôle de peau". Et à un moment donné, je me dis : "Il me parle, il me dit en fait : 'mec, t'as pas la bonne couleur, t'as pas la bonne religion, t'es pas au bon endroit, on te dit que t'as pas de chance.' Mais en fait, c'est ça ta chance, parce que tu vas être obligé de faire un truc de ouf pour que ça se passe"* ».

Lucien et Simon, deux pêcheurs, discutent :

« La semaine dernière, j'ai attrapé un mérou de 21 kilos, mais c'est incroyable ce que la peau de ces poissons est fragile. Si tu tires trop fort, la peau de mérou pète !

– Je ne savais pas. Je sais seulement que c'était le seul poisson qui avait des poils, puisque la peau de mérou s'tond ! »

CARRÉ MAGIQUE

DIFFICILE

Obtenez la somme de **284** sur toutes les lignes horizontales et verticales !

52	18	13	59		50		43
15	57		16	47	25	22	
58		19		42	28	35	37
17	55	56	14	49		24	
65	7	8	62			40	46
		67	53	26	44	51	21
63	9	6		31	41		32
4	66		11	36	34	45	27

Solution page 601

CLUB DES CÉLIBATAIRES ENDURCIS

QUELLE EST L'ORIGINE DE L'EXPRESSION « AVOIR LA PUCE À L'OREILLE » ?

Au XIIIe siècle, et ce jusqu'au XVIe siècle, cette expression signifiait le désir que l'on ressentait pour une personne. Le sens changea au siècle suivant pour symboliser le fait **« *d'être inquiet* »**. Les puces étant présentes partout dans la société, on suppose que le sens provient des démangeaisons qu'elles provoquaient, et par l'air inquiet que pouvait prendre un individu qui les sentait. Petit à petit et encore à nos jours, l'expression est devenue **« *se douter de quelque chose* »**, tout comme on pouvait se douter, à ses gestes compulsifs, qu'une personne avait des puces.

NAHUEL PÉREZ BISCAYART AURAIT PU DEVENIR UNE SUPERSTAR DE TELENOVELAS

L'acteur que l'on connaît pour son rôle dans **120 battements par minute** et **Au Revoir là-haut** a également joué dans **Amas de casa desesperadas**, la version argentine de la série **Desperate Housewives**, en 2006. Il a aussi tourné dans **Disputas** (2003), **Proxima Salida** (2004), **Botines** (2005) et **Epitafios** (2009). Il a expliqué dans une interview que s'il avait voulu devenir célèbre, il aurait pu rester en Argentine et accepter toutes les telenovelas qu'on lui proposait. *« Mais je préfère aller vers ce qui me fait peur, ce qui m'excite »*, avait-il affirmé. Il a donc quitté son pays d'origine pour tourner dans d'autres pays, comme la France !

Sonia se retrouve enceinte pour la onzième fois !
Le docteur lui demande :
« Mais enfin, madame, votre mari ne prend donc aucune précaution ?
– Oh si, docteur. Ça ne peut pas être lui : il met toujours un préservatif ! »

QUIZ

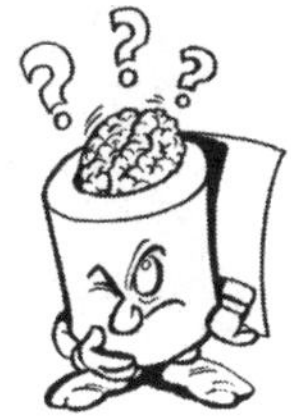

Parmi ces cinq artistes, quel est celui qui n'a pas interprété le titre « La Bohème » ?

a. Gilles Floro
b. Charles Aznavour
c. Kendji Girac
d. Stromae
e. Nicolas Jaar

Solution : d.

JEUX

MOTS CROISÉS

Horizontalement

1. Essais en anglais - Sigle sur les timbres britanniques
2. Angleterre - Puissance électrique efficace
3. Quantités de ce qui est ramassé d'un coup de râteau
4. Tire sur la couleur du ciel
5. Erbium - Idiot
6. Aide sociale à l'enfance
7. Donner un nouveau labour à la vigne
8. Adjectif possessif - Trois fois

Verticalement

I. Rubidium - Manière de faire
II. Alésée à nouveau
III. Revenus dus
IV. Europium
V. Auteur-compositeur français
VI. Saison - Cérium
VII. S'appliquer (s')
VIII. Coupée

JEUX

	I	II	III	IV	V	VI	VII	VIII
1						■		
2	■			■		■		
3								
4								
5	■			■				
6				■		■		■
7								
8				■				■

Solution page 617

T'AS DEUX POUSSINS, TU N'EN VEUX QU'UN. TU FAIS QUOI ?

Solution : T'en poussin…

TU CONNAIS LA RECETTE DE LA TARTE TATIN ?

Solution : Tu fais une tarte, tu la mets au four et puis tatin !

J'ai acheté des pilules de Viagra mais je me suis fait avoir ! C'était des pilules de contrebande.

L'ÉLECTION PRÉSIDENTIELLE LA PLUS FRAUDULEUSE DE L'HISTOIRE

Elle a eu lieu en 1927 au Liberia. Alors que seulement 15 000 citoyens avaient accès au droit de vote à cette époque, Charles D. B. King a reçu… 234 000 votes en sa faveur !

Beethoven :
« Est-ce que vous êtes chauds ??? »
Public :
« OUUUUUAIIIIS !!! »
Beethoven :
« J'entends que dalle ! VOUS ÊTES CHAUDS ??? »
Public :
« OOOOOOOOUUUUUAAAAAIIIIIIIS !!!!! »
Beethoven :
« Encore un PUBLIC DE MERDE !!! Ça me saoule, je me casse ! »

LABYRINTHE

MOYEN

SUDOKU

		2				8	5	1
9			5		4			
7						2		
		1	4				2	
		5	2		8	3		
	9				1	6		
		7						3
			1		5			8
1	8	9				5		

Solution page 613

Énigme démoniaque : il y a une erreur dans ce texte. Trouvez-la !

Toutes les étoiles d'une même constellation sont situées dans la même direction quand on les observe de la Terre et elles sont proches les unes des autres.

Solution : Si les étoiles d'une même constellation sont situées dans la même direction quand on les observe de la Terre, elles sont, en revanche, à des distances très éloignées les unes des autres. Par exemple, une des étoiles de Cassiopée est située à 55 années-lumière de la Terre alors qu'une autre, de la même constellation, est à 600 années-lumière !

Attention aux boissons sucrées !

Les plus gros buveurs de sodas (plus de 2 canettes par jour) ou de sirop ont 21 % de risque de décéder plus tôt que ceux qui n'en boivent pas du tout. D'après les chercheurs, ce type de sucre passe rapidement dans le sang et entraîne, à terme, des maladies cardiovasculaires !

Un petit calcul
et on s'en va.

UN PETIT CALVA
ET ON S'ENCULE.

« Marie, je te trouve très belle et très charmante.

– Merci !

– Tu vois, je voudrais bien qu'il y ait quelque chose entre nous…

– Oh oui. Moi aussi !

– Tu penses à quoi ?

– À un mur ! »

Le saviez-vous ?

Les brèves incroyablement vraies du WC BOOK

- Ce n'est pas une blague : au 1er avril 2019, 2 063 satellites opérationnels étaient en orbite autour de la Terre.
- Les baleines peuvent avoir des poux.
- Il y a plus d'un demi-million d'insectes vivants sur Terre pour chaque être humain.
- Une inactivité sexuelle totale peut réduire la taille du pénis.
- L'anuptaphobie est la peur de rester célibataire, 2 femmes sur 5 en souffriraient.
- Mel Blanc (1908-1989), qui faisait la voix de Bugs Bunny en anglais, était allergique aux carottes !
- Selon une étude, les couples qui ont une meilleure répartition des tâches ménagères sont plus heureux et ont davantage de relations sexuelles.
- *La Joconde* n'a pas de sourcils.

QU'ARRIVERAIT-IL
À MARION COTILLARD SI
GUILLAUME CANAIT ?

POURQUOI LES GENS
QUI S'AIMENT SONT-ILS UN
PEU LES MÊMES ?

POURQUOI DANS LES FILMS,
LES PERSONNES À PIED, QUI
SONT POURSUIVIES PAR UNE
VOITURE, COURENT SUR LA ROUTE
AU LIEU DE SE BARRER
SUR LES CÔTÉS ?

CARRÉ MAGIQUE

FACILE

Obtenez la somme de **34** sur toutes les lignes horizontales et verticales !

	14		8
12		2	
6	9		3
	4	5	

Solution page 602

QU'EST-CE QUE TU AS ?
JE NE LE SENS PAS, CE COCKTAIL !...
AH

Le saviez-vous ?

Les chiffres arabes ne le sont pas !

Les chiffres 0, 1, 2, 3, 4, 5, 6, 7, 8, 9 sont nommés « chiffres arabes ». Pourtant, ils ont été inventés en Inde au IIIe siècle av. J.-C, puis empruntés par la civilisation arabo-musulmane à partir du IXe siècle et décrits dans un ouvrage d'Al-Khwarizmi, avant d'être ensuite introduits en Europe par les Arabes au Xe siècle. Ces chiffres ont fini par remplacer les chiffres romains et se sont petit à petit imposés dans le monde entier pour leur facilité d'utilisation.

PIPE. FLÛTE. TURLUTTE.
Trouvez l'instru.

POURQUOI LES JOUEURS DU TOULOUSE FC TIRENT-ILS À CÔTÉ ?

Solution : Parce qu'on leur a dit que les buts à l'extérieur comptent double !

QU'EST-CE QU'UN BUCERON ?

Solution : Un bucheron sans H...

Charade

Mon **premier** compose notre

SQUELETTE,

Mon **deuxième** est un

PAIN ORIENTAL,

Mon **troisième** **SOUFFLE**.

Mon **tout** est pris en charge pour

GUÉRIR.

Solution : Os-pita-Alizés (Hospitalisé).

DES GAUCHERS CÉLÈBRES :

- Lady Gaga
- Hugh Jackman
- 50 Cent
- Morgan Freeman
- Beethoven
- Blaise Cendrars
- David Bowie
- Eminem
- Stéphane Bern
- Angelina Jolie
- Raymond Domenech
- Henri Leconte
- Jimi Hendrix
- Le prince William
- Kurt Cobain (Nirvana)

- Scarlett Johansson
- Léonard de Vinci
- Sébastien Loeb
- Delphine de Vigan
- Lewis Carroll
- David Cameron
- Michel-Ange
- Nicolas Canteloup
- Justin Bieber
- Daniel Auteuil
- Jonny Wilkinson
- Paul McCartney (The Beatles)
- Paul Verlaine
- Bill Clinton
- Phil Collins (Genesis)
- Rafael Nadal
- Robert Plant (Led Zeppelin)

« Mon fiston ! Maman m'a demandé de faire ton éducation sexuelle. Alors, vas-y : pose-moi sans hésiter toutes les questions qui te travaillent et que tu n'as jamais abordées. »

Dylan, 12 ans :

« Eh bien… Je me suis souvent demandé… Suppose que je me marie et que ma femme attende un bébé…

– Tu veux savoir comment aura été conçu ce bébé ?

– Non. Ça, je le sais déjà. Ce que je me demande, c'est : si je l'emmène en voiture à la clinique, est-ce que j'aurai le droit de brûler les feux rouges ? »

Réfléchir nous fait-il perdre du poids ?

Pour fonctionner correctement, notre corps a besoin d'énergie qu'il va puiser dans notre alimentation. Un homme adulte qui n'exerce pas un travail trop physique a besoin de 2 500 calories quotidiennes, contre 2 000 calories pour une femme. S'ils en consomment plus, ils grossissent. Sur 100 calories absorbées, 20 sont utilisées pour notre activité physique. Le fonctionnement de nos organes en dépense également : 19 pour notre foie, 17 pour notre cerveau, 10 pour notre système digestif, 8 pour notre cœur, et 7 pour les reins.

Le cerveau, quant à lui, consomme environ 20 % de notre énergie totale. Il est comme un ordinateur avec différents programmes intégrés dont nous n'avons pas conscience mais qui nous permettent de le faire fonctionner. Cette énergie est utilisée pour la surveillance de notre environnement, de notre attention, pour la recherche d'informations et pour toutes autres activités mentales « invisibles » qui sont, pour nous, de l'ordre de l'automatisme. Dans une journée, nous utilisons environ 320 calories juste pour réfléchir ! Ainsi, une personne qui fait un travail stimulant sur le plan intellectuel pendant 8 heures par jour brûle environ 100 calories de plus qu'une personne qui regarde la télévision… Alors, réfléchir nous fait-il vraiment perdre du poids ? Oui et non ! Sachant qu'un verre de lait contient environ 100 calories et un hamburger, 600, pas de quoi résilier votre abonnement à la salle de sport pour autant !

LABYRINTHE

FACILE

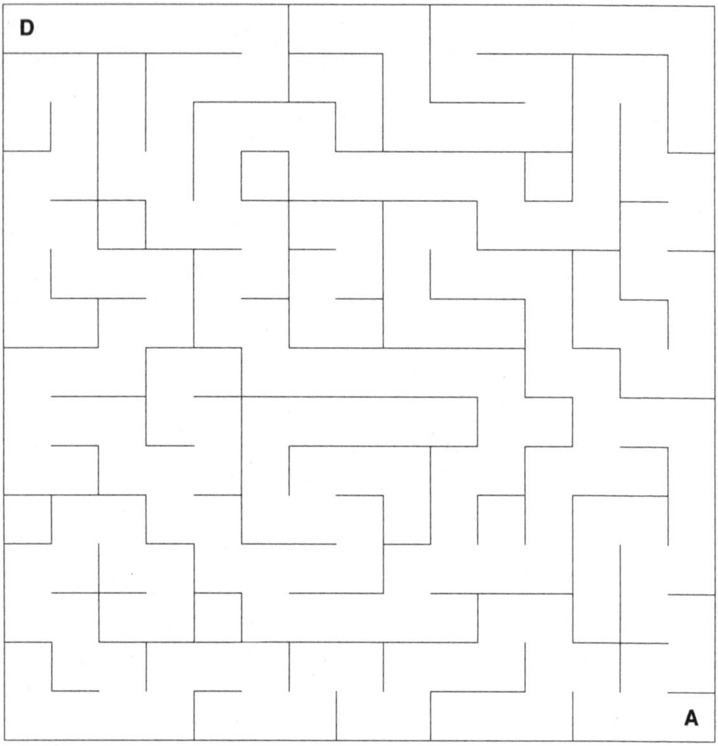

SUDOKU

8	9			5			7	
6							5	
			4		3	2		6
7	4					3		9
		1				6		
3		6					2	7
4		9	2		5			
	1							2
	7			9			6	4

Solution page 613

QUI EST L'INTRUS ?

LOIRE

CREUSE

DORDOGNE

INDRE

SOMME

OISE

MOSELLE

RHÔNE

SAVOIE

TARN

NIÈVRE

ISÈRE

Solution : Tous ces départements français tirent leurs noms de cours d'eau, à l'exception de la Savoie.

Le véritable nom de Fifi Brindacier !

Icône féministe et personnage principal d'une série de romans pour enfants écrits dès 1945 par l'autrice suédoise Astrid Lindgren (1907-2002), Pippi Långstrump en suédois, soit « Pippi longues chaussettes », a pour nom complet : Pippilotta Viktualia Rullgardina Krusmynta Efraimsdotter Långstrump. Cette jeune fille indépendante et dotée d'une force époustouflante bouscule les rapports de pouvoir entre filles et garçons, et entre adultes et enfants.

Humour

Un patron convoque ses quatre plus proches collaborateurs pour leur annoncer qu'il va falloir licencier l'un d'entre eux.
Le premier lui dit :
« Je suis noir et si vous me virez, je porte plainte pour discrimination raciale. »
La deuxième :
« Je suis une femme et si vous me virez, je vous attaque pour discrimination sexuelle. »
Le troisième :
« Je suis handicapé à 5 %. La loi est formelle. Vous n'avez pas le droit de me virer. »
Tout le monde se tourne vers le quatrième qui dit :
« Moi, je crois que je suis homosexuel. »

Je salive, tu salives, nous salivons...

- Chaque minute, nous déglutissons, ce qui représente **1 500** à **2 000 occasions** quotidiennes de produire de la salive.
- Un adulte produit environ **1,5 litre** de salive par jour.
- Nous produisons environ **547 litres** de salive par personne et par an !
- Pour nos **7,1 milliards** de terriens, cela représente **123 000 litres** de salive par seconde, soit l'équivalent de plus de **1 million** de piscines olympiques chaque année !

JEUX

MOTS MÊLÉS

Bateaux et embarcations

Saurez-vous retrouver chacun des mots cachés dans ce tableau ?

Les mots peuvent être écrits horizontalement, verticalement, en diagonale ou à l'envers.

Mots à trouver :

1) BARGE
2) BARQUE
3) CANOE
4) CARAVELLE
5) CATAMARAN
6) CHALOUPE
7) CHALUTIER
8) CUIRASSE
9) DRAKKAR
10) FREGATE
11) GALERE
12) GOELETTE
13) GONDOLE
14) JONQUE
15) OPTIMISTE
16) PAQUEBOT
17) PENICHE
18) PIROGUE
19) TRIMARAN
20) YACHT

JEUX

N	E	S	E	E	Y	U	L	A	W	Q	A	E	I	W	E	Z	J	Z	O
O	B	E	C	H	A	L	O	U	P	E	C	C	M	G	P	E	A	M	D
F	E	U	B	C	X	W	V	E	I	G	P	I	R	O	G	U	E	D	C
Y	B	Q	B	I	Y	E	Z	Y	I	N	Q	R	B	E	A	B	N	Q	Ç
H	N	N	T	N	E	T	T	E	L	E	O	G	U	F	V	G	Z	Ç	I
G	M	O	X	E	H	C	X	K	N	T	H	A	U	Ç	B	E	T	L	Z
P	N	J	Q	P	H	H	M	Ç	E	T	A	G	E	R	F	C	O	E	A
B	A	R	G	E	U	A	M	L	V	Ç	W	W	G	Q	S	N	B	L	T
I	J	Q	Z	U	X	L	E	N	F	V	U	C	A	O	B	B	E	N	I
V	R	Ç	H	L	F	U	L	Ç	G	R	A	X	I	P	F	G	U	N	D
B	G	Z	F	M	U	T	L	W	O	T	X	D	Ç	T	M	V	Q	V	E
A	T	B	B	X	Y	I	E	R	A	F	R	Ç	S	I	E	D	A	O	L
R	C	R	W	F	O	E	V	M	S	A	H	E	W	M	A	S	P	R	O
Q	Z	Ç	I	C	A	R	A	L	K	R	S	I	A	I	H	O	G	S	D
U	Q	T	R	M	J	R	R	K	A	R	C	C	X	S	L	T	J	C	N
E	Ç	Ç	M	Z	A	D	A	T	K	P	M	P	O	T	Z	Z	Ç	G	O
Z	R	Y	Z	N	K	R	C	A	N	O	E	A	W	E	R	E	L	A	G
R	S	C	C	U	I	R	A	S	S	E	T	U	K	N	Q	B	H	Q	G
T	H	T	H	C	A	Y	U	N	K	V	B	V	T	L	X	F	E	Z	U
R	A	B	I	R	E	Q	Ç	K	B	O	I	L	Ç	N	T	B	D	C	G

Solution page 606

Savez-vous ce qu'est le « privilège du blanc » ?

La couleur blanche est normalement réservée au souverain pontife, mais cette prérogative particulière est accordée à certaines têtes couronnées féminines. ***Actuellement, seules 7 femmes ont le droit de s'habiller en blanc devant le chef de l'Église catholique.*** Toutes les autres doivent se vêtir de noir. Cette tradition ne concerne que les reines, princesses ou duchesses catholiques lors des audiences avec le pape. Elle n'est utilisée bien souvent que lors des occasions les plus solennelles !

Louis, 75 ans, perd le contrôle de son véhicule qui part en tête à queue et termine sa course contre un platane. Il s'en sort miraculeusement indemne. Un autre automobiliste arrive à sa hauteur, arrête sa fourgonnette et demande à Louis qui s'extirpe de sa voiture :

« Vous n'avez rien ?

– Non, cha va… mais j'ai caché mon dentier.

– Ah ! Vous avez cassé votre dentier ? Attendez-moi un instant. »

L'automobiliste descend et se met à fouiller à l'arrière de sa fourgonnette. Il revient quelques instants plus tard avec un dentier qu'il tend à Louis.

« Tenez ! Essayez-le ! »

Louis essaie le dentier qui lui convient :

« Ça a l'air d'aller parfaitement. J'ai vraiment de la chance d'être tombé sur un dentiste !

– Je ne suis pas dentiste. Je suis croque-mort ! »

LES PERLES DU CONFINEMENT

Le voisin vient de laisser sa femme seule… je répète… le voisin vient de laisser sa femme seule !!!

18 mars 2020 :
Ceux qui sont nés en 1980, 2020 c'est pour eux l'année de la quarantaine… mais il ne la voyait pas vraiment comme ça !

« Chéri, j'ai envie de toi !
– Ma femme adorée !
Tu as envie de sentir le corps d'un mâle beau et musclé contre le tien ?
– Non. J'ai envie de toi, pas d'un autre ! »

Les phrases impossibles à répéter !

La cavale aux Valaques
avala l'eau du lac et l'eau du lac
lava la cavale aux Valaques.

6 chats sis sur 6 murs pistent
6 souris qui sous 6 lits sourient sans
souci des 6 chats qui les pistent.

Que c'est crevant de voir crever une
crevette sur la cravate d'un homme
crevé dans une crevasse.

J'avais envie d'éternuer en faisant les courses : j'ai fait A... Tout le monde s'est retourné, effrayé. J'ai fait A...llah Akbar. Tout le monde était rassuré !

22 mars 2020 :
C'est pas si ennuyeux finalement de rester confiné à la maison... mais comment est-ce possible qu'un sachet de riz de 1 kg a 7476 grains et un autre 7498 ?

CARRÉ MAGIQUE

MOYEN

Obtenez la somme de **135** sur toutes les lignes horizontales et verticales !

	7	8		25	26
32		13	23	27	31
10			28	29	24
37	38	6		20	
	36	40	14		22
12	34		21	16	

Solution page 602

DÉCORTIQUEZ-VOUS !

Attention aujourd'hui !
Grosse journée les confinés !
Il va falloir quitter son
canapé pour aller changer
l'heure sur le four.

23 mars 2020 :
Peut-on rire de toux
avec tout le monde ?

PLUS DE PAIX !

Un Anglais a changé son nom en Tim Pppppppppprice pour le rendre virtuellement imprononçable et ainsi éviter d'être appelé par les télémarketeurs. Une méthode particulièrement efficace !

Énigme mathématique

Un robinet laisse échapper par seconde 2 gouttes d'eau de 6 mm^3 chacune. Combien de litres laissera-t-il échapper en 2 jours ?

Solution : 2 jours valent 2 x 24 x 60 x 60 = 172 800 secondes ; il s'échappe donc, en 2 jours, 6 mm^3 x 2 x 172 800 = 2 073 600 mm^3 ou 2,07 l par défaut.

Pas de d'août,
juillet est fini…

Avez-vous entendu parler de ces mites qui courent sur les biches ?

AVEZ-VOUS ENTENDU PARLER DE CES BITES QUI COURENT SUR LES MICHES ?

Les brèves incroyablement vraies du WC BOOK

- Techniquement, la Russie et le Japon sont toujours en guerre, car ils n'ont toujours pas signé le traité de paix pour mettre fin à la Seconde Guerre mondiale.
- L'auteur de James Bond, Ian Flemming, fait une courte apparition dans *Bons baisers de Russie*, en tant que simple passant.
- Durant l'année scolaire de 1965-1966, Bernard-Henri Lévy avait beau être 1er en français avec 16/20 de moyenne, il n'était que 24e en sport avec une moyenne de 6/20.
- En courant sous une averse, vous recevrez 40 % de gouttes en moins que si vous marchiez.
- D'après une étude allemande, regarder les seins d'une femme pendant 12 minutes par jour serait aussi bon pour la santé que d'aller à la salle de sport.
- À 9 mois, Einstein marche déjà. Cependant, il ne dit pas un seul mot avant ses 4 ans et ce n'est qu'à l'âge de 9 ans qu'il réussit à faire des phrases !
- En 2017, toutes les 6 secondes, une carte Michelin se vendait encore quelque part dans le monde malgré la concurrence des GPS et des smartphones.
- « Google » est le mot le plus recherché sur les moteurs de recherche Yahoo et Bing…

SI JE ME TROUVE À HONG KONG ET QUE MON LUMBAGO SE RÉVEILLE, DOIS-JE CONSULTER UN TRAITEUR À SCIATIQUES ?

POURQUOI L'EXPRESSION « UN DE PERDU, DIX DE RETROUVÉS » NE FONCTIONNE QU'AVEC LES KILOS ?

SI JE VEUX ME BATTRE AVEC UN GAUCHER, POURRA-T-IL ME METTRE DES DROITES ?

En trois ans, la Chine a utilisé plus de ciment que les États-Unis au cours du XXe siècle !

Rien que pour la construction au cœur de la Chine du barrage des Trois-Gorges (2006-2009), qui est considéré comme la plus grande centrale hydroélectrique au monde, il en a fallu 16 millions de tonnes. La Chine produit et consomme environ 60 % du ciment dans le monde.

Quelle tristesse
de voir qu'à notre
époque, les doigts
effleurent plus de
smartphones que
de clitoris !

La paranoïa gagne du terrain ! Je viens de tousser devant mon ordinateur et l'antivirus a démarré.

24 mars 2020 :
D'habitude, je prends mon café au bistrot et, ce matin, je l'ai pris avec ma femme. Elle est sympa.

QUELLE EST LA DIFFÉRENCE ENTRE UN ŒUF ET UNE CONTREBASSE ?

Solution : Si vous ne connaissez pas la différence, méfiez-vous ! On pourrait vous vendre une contrebasse...

QUEL EST LE PROVERBE PRÉFÉRÉ DES ALPINISTES ?

Solution : Qu'importe le flocon pourvu qu'on ait l'Everest !

Charade

Mon **premier** peut **CREVER**,

Mes **deuxièmes** composent la **PHRASE**,

Mon **troisième** **DÉMENT**.

Mon **tout** fait **TOUSSER**.

Solution : Pneu-mots-nie (Pneumonie).

CHARLIE CHAPLIN : UN MODÈLE POUR WALT DISNEY

Le réalisateur Walter Elias Disney (1901-1966), dit Walt Disney, avait une grande admiration pour l'acteur **Charlie Chaplin** (1889-1977). À 13 ans, il s'est même déguisé en **Charlot** pour essayer de gagner quelques dollars en l'imitant dans la rue ! Il n'a jamais caché que son admiration et son amour pour les films de l'acteur l'ont toujours inspiré. On peut d'ailleurs remarquer qu'à l'origine, **Mickey Mouse** possède un caractère similaire à celui de **Charlie Chaplin**, avec la même petite mélancolie…

QUI EST L'INTRUS ?

MONONUCLÉOSE

POLIOMYÉLITE

HÉPATITE A

VARICELLE

GRIPPE

RUBÉOLE

SIDA

ROUGEOLE

HERPÈS

PESTE

DENGUE

ZONA

Solution : Toutes ces affections, sauf la peste (causée par une bactérie), sont d'origines virales.

Hier, j'ai couché avec un mec. Trois minutes puis tout mou…
Aïe, l'acte tout mou vite !
Mou vite ?
Oui ! AÏE L'ACTE TOUT MOU VITE, MOU VITE !

QUE DIT LA TROTTEUSE D'UNE MONTRE À LA GRANDE AIGUILLE ?

Solution : « Attends-moi une minute, je vais faire un tour ! »

QUELLE EST LA DIFFÉRENCE ENTRE DONALD TRUMP ET UN TGV ?

Solution : Le TGV s'arrête quand il déraille !

LABYRINTHE

FACILE

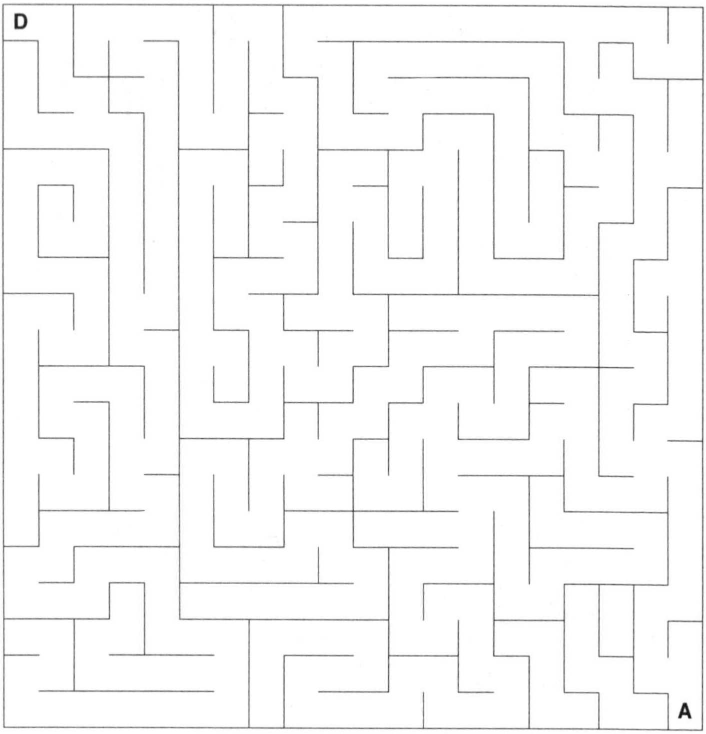

SUDOKU

	8		1	3	2			
9				5				
	1	2		6			4	
						4		
	3	1	7	4	9	5	2	
		7						
	9			1		8	5	
				7				1
			5	9	4		6	

Solution page 614

CARRÉ MAGIQUE

DIFFICILE

Obtenez la somme de **292** sur toutes les lignes horizontales et verticales !

5	60	17	64		44	33	
19	62		58	35		39	26
	57	68	13	24	25	52	45
18	63	54		50	31	38	
66	15		59	34	47		43
56		20	61	40		36	29
67		55		51	30	23	42
	12	65	16	21	28		48

Solution page 602

L'HOMME QUI MURMURAIT À L'OREILLE DES GIRAFES

L’écriture autour du globe

Si le français, dont l’alphabet est composé de **26 caractères**, est dans la moyenne, il existe des langues qui possèdent davantage de signes comme le chinois, avec ses **45 000 idéogrammes**. Le khmer possède aussi un grand nombre de caractères **(74)**, tout comme le sanskrit **(48)**, le cyrillique **(33)** et le persan **(32)**. Nos voisins européens sont également proches de nous à ce niveau-là, avec respectivement **29 caractères** pour l’espagnol, **27** pour l’allemand et **26** pour l’anglais. De l’autre côté du monde, c’est l’hawaïen qui en a le plus petit nombre avec seulement **12 caractères** !

POURQUOI DIT-ON « PAYER RUBIS SUR L'ONGLE » ?

D'après le Dictionnaire comique de Philibert-Joseph Le Roux (1718), cette expression nous vient du XVIIe siècle, et l'on disait plus volontiers à l'époque **« *faire rubis sur l'ongle* »**. Au cours des beuveries et lors d'une tournée dédiée à un absent estimé, il était commun de garder au fond de son verre une petite goutte de son breuvage, de la verser sur l'ongle du pouce, et de la lécher pour témoigner de l'attachement porté à la personne. Si l'on buvait du vin, cette minuscule goutte rougeoyante passait vite pour un rubis... Durant cette même époque, c'était aussi une métaphore pour dire **« *payer jusqu'au dernier sou* »**.

Le rubis liquide ayant été peu à peu oublié, c'est ce second sens qui a été maintenu. Le verbe **« *faire* »** a été remplacé par **« *payer* »** et voilà pourquoi aujourd'hui, on associe cette expression à un paiement complet et intégral !

À la brasserie du coin :
« Vous prendrez
un apéritif ?
– Tequila !
– Bah… la serveuse ! »

QUIZ

Dans lequel de ces films de Brian De Palma n'apparaît pas Robert De Niro ?

a. Hi, Mom!
b. L'Impasse
c. Les Incorruptibles
d. Greetings

Solution : b.

JEUX

MOTS CROISÉS

Horizontalement

1. Austérité
2. Alcaloïdes toxiques utilisés en médecine
3. Commune française de la Haute-Saône
4. Petite planche utilisée en construction
5. Pronom personnel - Néon
6. Activité électrochimique
7. Sans durée

Verticalement

I. Insectes perforants les tiges de maïs
II. *Me sciente*
III. Ancienne commune française de la Manche - Ancienne commune française de l'Orne
IV. Périodes - Lawrencium
V. Commune française de l'Orne - Commune française de la Haute-Saône
VI. Civilisation précolombienne - Xénon
VII. Pronom personnel - Adjectif numéral - Avant d'être approuvé
VIII. Levant - Sport à l'école

JEUX

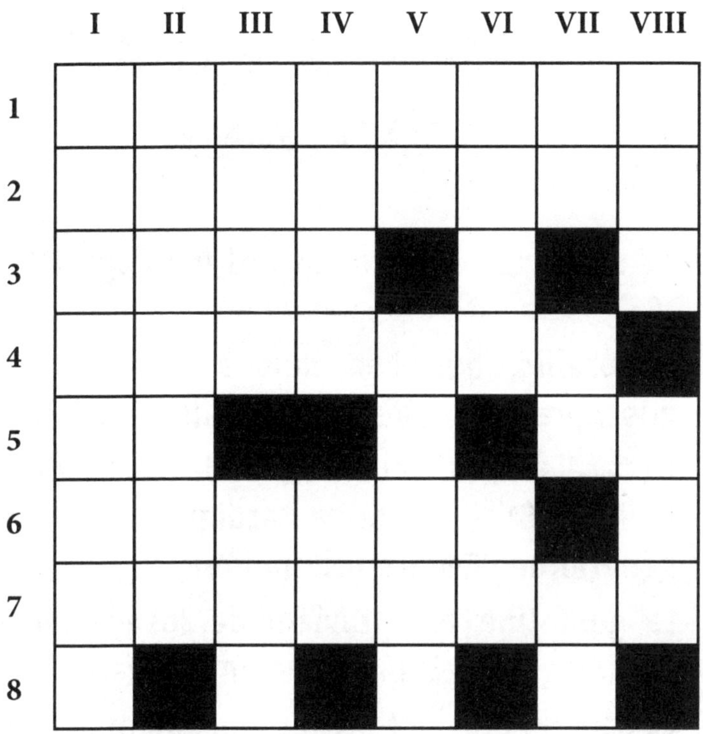

Solution page 617

CES NOMS PROPRES DEVENUS NOMS COMMUNS

- Le sandwich vient d'Edward Montagu (1625-1672), 1er comte de Sandwich.
- Le braille, que l'on doit à l'inventeur et enseignant français Louis Braille (1809-1852).
- Le cardigan, qui nous vient de James Brudenell (1797-1868), 7e comte de Cardigan, lieutenant-général de l'Empire britannique.
- La guillotine, qui provient de Joseph-Ignace Guillotin (1738-1814), médecin français.
- Le calepin provient d'Ambrogio Calepino (1435-1511), un savant et religieux italien.

- La pêche Melba, le nom de ce dessert provient d'une soprano australienne du nom de Dame Nellie Melba (1861-1931).
- La fontaine Wallace, ces points d'eau potable publics tirent leur nom du philanthrope britannique Richard Wallace (1818-1890).
- La pavlova est due à Anna Pavlova (1881-1931), une danseuse étoile russe.
- Les gardénias, fleurs dont l'origine du nom est due au botaniste américain Alexander Garden (1730-1791).
- Le saxophone est un instrument dont le nom est rattaché à Adolphe Sax, inventeur et musicien belge (1814-1894).
- La poubelle tire son nom d'Eugène Poubelle (1831-1907), préfet de la Seine.

Énigme démoniaque

Un homme sourd-muet veut acheter une brosse à dents. Il reproduit donc le geste de brossage des dents pour se faire comprendre auprès du vendeur. Arrive ensuite dans la boutique un malvoyant qui veut s'acheter des lunettes.

Comment fait-il ?

Solution : Il dit naturellement : « *Je veux acheter une paire de lunettes.* » Il n'a pas besoin de se faire comprendre par des gestes.

Pourquoi l'odeur des pets est-elle pire sous la douche ?

La douche, qui est un espace confiné, permet au gaz du pet de se propager plus rapidement, avec une plus grande efficacité. Quant à la forte humidité et les conditions de températures élevées, elles augmentent le sens de l'odorat et le goût chez les humains. Cela signifie donc que les pets ne sentent pas plus mauvais, mais que nous pouvons tout simplement mieux les sentir.

MOTS MÊLÉS

États américains

Saurez-vous retrouver chacun des mots cachés dans ce tableau ?

Les mots peuvent être écrits horizontalement, verticalement, en diagonale ou à l'envers.

Mots à trouver :

1) ALABAMA
2) ALASKA
3) ARIZONA
4) CALIFORNIE
5) COLORADO
6) FLORIDE
7) HAWAI
8) ILLINOIS
9) INDIANA
10) LOUISIANE
11) MASSACHUSETTS
12) NEVADA
13) OKLAHOMA
14) OREGON
15) PENNSYLVANIE
16) TEXAS
17) UTAH
18) VERMONT
19) VIRGINIE
20) WYOMING

JEUX

O	A	F	R	G	N	I	M	O	Y	W	U	W	U	G	L	W	F	Z	Y
I	Q	V	Ç	Z	Q	A	J	Z	Y	Y	B	X	R	T	X	D	Ç	B	R
I	H	N	E	V	A	D	A	V	Y	Y	K	J	V	H	A	U	X	M	Z
F	A	A	R	I	Z	O	N	A	O	P	J	N	J	M	G	H	W	N	T
Y	W	Ç	H	E	Q	A	X	F	G	O	O	T	U	C	P	O	Ç	J	E
L	A	F	X	D	U	M	A	S	S	A	C	H	U	S	E	T	T	S	H
Y	I	Y	T	I	S	C	E	K	W	J	S	Y	M	U	N	G	P	S	Z
T	P	O	C	R	A	Z	S	I	O	N	I	L	L	I	N	A	Ç	Y	N
X	G	N	C	O	O	L	D	L	G	V	W	R	N	S	S	M	Z	N	W
J	X	T	F	L	L	N	O	D	J	R	E	X	V	H	Y	A	I	O	H
I	D	W	J	F	L	O	K	U	G	Ç	K	R	F	V	L	B	E	G	I
R	A	Z	U	J	W	E	R	Y	I	A	K	Y	M	L	V	A	I	E	I
E	I	N	I	G	R	I	V	A	K	S	A	L	A	O	A	L	N	R	V
T	E	D	F	T	M	B	S	F	D	V	I	V	Z	V	N	A	R	O	R
Ç	B	Y	Z	E	M	U	B	Z	G	O	S	A	O	T	I	T	O	M	C
C	W	P	B	X	Y	V	J	T	V	P	D	Ç	N	X	E	Q	F	T	K
N	A	J	C	A	M	O	H	A	L	K	O	G	Q	E	P	W	I	U	W
E	I	S	U	S	Q	H	D	A	X	H	O	T	M	N	V	X	L	E	D
C	A	A	Y	W	Y	D	S	S	Y	G	U	Z	X	M	G	O	A	K	Y
T	Z	H	I	N	D	I	A	N	A	F	D	D	D	C	K	Z	C	L	X

Solution page 607

Comment
peut-on dîner avec
si maigre part ?

COMMENT
PEUT-ON PINER AVEC
SI MAIGRE DARD ?

Les brèves incroyablement vraies du WC BOOK

- Si l'on regarde attentivement le drapeau de la Norvège, on peut y retrouver ceux de 6 autres pays : la France, l'Indonésie, la Thaïlande, la Finlande, les Pays-Bas et la Pologne.
- Pour créer E.T., le réalisateur Steven Spielberg s'est inspiré des portraits de Hemingway et de Einstein.
- *« I have a dream… » (« Je fais un rêve… »)* est le début du discours le plus célèbre du défenseur du droit des Noirs américains, Martin Luther King. Il a expliqué que c'est en lisant la première phrase de *La Légende des siècles* de Victor Hugo que l'idée lui est venue : *« J'eus un rêve… »*
- Il est strictement interdit de prendre des photos dans le métro parisien ! C'est en tout cas ce que stipule l'article 15, alinéa 8 de l'arrêté préfectoral concernant l'exploitation du réseau ferré métropolitain de la Régie Autonome des Transports Parisiens, daté du 9 décembre 1968.
- Seuls 43 produits, répartis sur 15 pages, étaient présentés dans le tout premier catalogue de La Redoute.
- Il est impossible de manger sous l'eau.
- Aux États-Unis, la pizza est considérée comme un légume depuis 2011 !

LES QUESTIONS À LA CON

SI QUELQU'UN TE MANQUE, SERA-T-IL PLUS ADROIT AU PROCHAIN TIR ?

POURQUOI PARLE-T-ON DE L'ÉGALITÉ DES SEXES ALORS QUE LA TAILLE VARIE ENTRE 2 ET 30 CM ?

MON AMI M'A DIT QU'IL ÉTAIT AU BOUT DU ROULEAU. JE SUIS ALLÉ VOIR. POURQUOI NE L'AI-JE PAS TROUVÉ ?

Les plus grandes pandémies de l'histoire avant le Covid-19 :

- **Peste de Justinien** – Au VIe siècle, elle a fait environ 25 millions de morts dans le Bassin méditerranéen.
- **VIH** – On fait état de plus de 36 millions de décès dans le monde depuis le début des années 1980…
- **Peste noire** – Au milieu du XIVe siècle, elle a fait environ 75 millions de morts en Europe et en Asie.
- **Grippe espagnole** – En une année, entre 1918 et 1919, cette grippe a causé entre 50 et 100 millions de décès dans le monde entier.

« Mais mon amour !!! J'ai des sentiments pour toi !!!
Tu comprends ???
Que veux-tu de plus ???
– Des centimètres… »

SYLVESTER STALLONE OBLIGÉ DE VENDRE SON CHIEN

Quand il était sans-abri, **Sylvester Stallone** a vendu son chien pour 50 $, car il avait besoin d'argent pour lancer sa carrière et s'en sortir. Il a alors mis toute son âme dans l'écriture du scénario de Rocky, fameux scénario qui allait bouleverser sa vie à jamais. Une semaine après avoir vendu son script, il est allé récupérer son chien, **Little Jimmy**, pour la somme de 3 000 $!

CARRÉ MAGIQUE

FACILE

Obtenez la somme de **42** sur toutes les lignes horizontales et verticales !

3	17	12	
	8		15
9			4
	6	7	

Solution page 602

OÙ TU VAS ?
JE VAIS FAIRE UN TOUR, J'EN AI POUR 1 HEURE !

Le saviez-vous ?

Pourquoi les notes de musique s'appellent-elles ainsi ?

Do, ré, mi, fa, sol, la, si, do… Tout le monde les connaît, mais peu de gens peuvent en expliquer l'origine ! Pour obtenir la réponse, il faut remonter au Moyen Âge et s'intéresser à la vie de leur inventeur, Gui d'Arezzo (992-après 1033), un moine italien passionné de musique qui enseignait le solfège. Il imagina alors pour ses élèves des noms de notes faciles à mémoriser. Il trouva l'inspiration dans un hymne dédié à saint Jean-Baptiste qui parlait de musique : « *Afin que tes serviteurs puissent chanter, avec des voix libérées, le caractère admirable de tes actions, ôte, saint Jean, le péché de leur lèvre souillée.* », ce qui donne en latin : « *UT queant laxis / REsonare fibris / MIra gestorum / FAmuli tuorum / SOLve polluti / LAbii reatum / Sancte Iohannes.* » Le moine

Le saviez-vous ?

choisit les 6 premières syllabes pour en faire les 6 premières notes (ut, ré, mi, fa, sol, la). Au XVIe siècle, on créa une note de plus à partir de « Sancte Iohannes », le « si », et beaucoup plus tard, en 1673, on transforma le « ut » en « do », plus aisé à prononcer.

Avant l'invention de Gui d'Arezzo, on utilisait les premières lettres de l'alphabet pour nommer les notes. Si dans les pays latins comme la France, l'Italie ou encore l'Espagne, son système a été adopté et s'est répandu, les pays anglo-saxons et germaniques ont conservé l'alphabet. C'est pour cela qu'en Angleterre et en Allemagne, les notes de musique ont encore pour nom A, B, C, D, E, F et G !

LABYRINTHE

DIFFICILE

SUDOKU

9	4				6	5	1	
		1		7			3	
			2					
		8	6				7	
6		4				2		3
	2				8	1		
					4			
	1			6		9		
	9	7	1				6	8

Solution page 614

Charade

Mon **premier** est une
FLÛTE UTILISÉE par un dieu,
LORS D'UN BUT,
les commentateurs de football
sud-américains crient mon **deuxième**,
Mon **troisième** précède **DEUX**.
Mon **tout** est suspecté d'avoir été un
réservoir naturel du **COVID-19**.

Solution : Pan-goal-un (Pangolin).

CES STARS QUI ONT ACCEPTÉ DE PRENDRE DU POIDS POUR LES BESOINS D'UN RÔLE !

- **Michaël Youn** : 18 kg pour *Incontrôlable*
- **George Clooney** : 14 kg pour *Syriana*
- **Ralph Fiennes** : 13 kg pour *La Liste de Schindler*
- **Robert De Niro** : 12 kg pour *Les Incorruptibles* et 30 kg pour jouer le boxeur Jake LaMotta dans *Raging Bull*
- **Renée Zellweger** : 10 kg pour le premier *Bridget Jones*
- **Jared Leto** : 28 kg pour *Chapitre 27*
- **Vincent Cassel** : 28 kg pour *Mesrine*
- **Sylvester Stallone** : 19 kg pour *Copland*
- **Christian Bale** : 45 kg après le tournage de *The Machinist* (pour lequel il avait perdu 28 kg !) pour tourner *Batman Begins*
- **Samuel Le Bihan** : 17 kg pour les deux films *Mesrine*

QU'EST-CE QU'UN YAOURT DANS LA FORÊT ?

Solution : Un yaourt nature.

QU'EST-CE QUI EST MIEUX QU'UN ASCENSEUR ?

Solution : Un ascenfrère !

Un Anglais, un Américain et un Belge discutent au zinc d'un bistrot parisien ;
L'Anglais dit :
« C'est vraiment très sympa comme endroit, mais à Londres, il y a un pub encore mieux. Quand tu as acheté deux bières, on t'offre la troisième. »
L'Américain :
« Sûrement, mais à New York, il y a un bar dans lequel on t'offre une bière pour une achetée. »
Le Belge :
« À Bruxelles, une fois, il y a un bar encore mieux ! On t'offre la première bière, on t'offre la deuxième bière, on t'offre la troisième bière, on t'offre la quatrième bière. Et après, tu peux monter dans une chambre au-dessus du bar et tu baises !
– Incroyable ! Et tu l'as déjà fait ?
– Moi non, mais ma sœur oui. »

CES STARS QUI ONT FAIT DE PRESTIGIEUSES ÉTUDES

- **Anne Roumanoff** est diplômée de Sciences Po Paris (promotion 1982).
- **Arnold Schwarzenegger** n'a pas que des biceps en béton, son cerveau est tout aussi musclé puisqu'il détient trois doctorats différents : un en gestion des affaires, un en économie, et un autre en lettres et sciences humaines !
- **Bradley Cooper** détient une licence d'anglais de l'université de Georgetown, et il a également un master en arts dramatiques de l'Actor's Studio de New York.
- **Bruce Lee**, l'acteur professionnel des arts martiaux, a été diplômé de philosophie à l'université de Washington.
- **Chris Martin**, le chanteur de Coldplay, est diplômé en lettres classiques à l'University College de Londres (UCL). Il est d'ailleurs le major de sa promotion en grec ancien et en latin !
- **Cindy Crawford** est aussi intelligente que belle : elle a obtenu son diplôme en génie chimique, à la Northwestern University avec mention.
- **Claire Chazal**, ex-présentatrice du JT de TF1, est diplômée de la prestigieuse école de commerce HEC (promotion 1978).
- **Denzel Washington** est diplômé de journalisme à l'université de Fordham.
- **Eddie Redmayne**, l'acteur de *The Danish Girl* et des *Animaux Fantastiques* est diplômé en histoire de l'art à l'université de Cambridge.

PEOPLERIES

- **Emma Watson** qui jouait l'érudit dans la saga *Harry Potter* en est une aussi dans la vraie vie, puisqu'elle détient un master en littérature anglaise de l'université de Brown.
- **Gad Elmaleh** a suivi des études en sciences politiques à l'université de Montréal.
- **Hugh Grant** est diplômé de littérature anglaise de la très prestigieuse université d'Oxford.
- **John Legend**, l'interprète de la chanson « All of Me », est diplômé de philologie anglaise de l'université de Pennsylvanie.
- **Julien Doré** est diplômé d'arts plastiques à l'École des Beaux-Arts.
- **Laury Thilleman**, ex-miss France, a fait ses études en école de commerce, à la Brest Business School.
- **Meryl Streep** est diplômée d'arts dramatiques de l'université de Yale, et possède aussi un doctorat en lettres de l'université de Dartmouth.
- **Michaël Youn** n'est pas qu'un petit rigolo, il est diplômé de la SKEMA Business School et détient un master en management.
- **Mick Jagger** a étudié pendant deux ans à la prestigieuse London School of Economics avant de devenir une star internationale du rock.
- **Natalie Portman** a obtenu un master en psychologie à l'université d'Harvard.
- **Teddy Riner**, le judoka aux multiples médailles, a étudié à Sciences Po Paris.

QUI EST L'INTRUS ?

LE PALUDISME

LA RAGE

LA BORRÉLIOSE DE LYME

LE CHIKUNGUNYA

LA TOXOPLASMOSE

LA GALE

LA LÈPRE

LA DENGUE

Solution : Toutes ces maladies sont transmises par l'animal, à part la lèpre.

Alors, ça gaze ?

96,3 % des hommes reconnaissent volontiers qu'ils pètent, et seulement **2,1 %** des femmes admettent en faire autant. Autre différence, les hommes expulsent **1,5** à **2,5** litres de gaz à raison de **12** pets en moyenne par jour, pour **1** à **1,5** litre de gaz pour les femmes, soit environ **7** pets quotidiens.

Hier, j'ai téléchargé illégalement l'album Oxygène de Jean-Michel Jarre. Suis-je un pirate de l'air ?

L'ORIGINE DE L'EXPRESSION « DÉFRAYER LA CHRONIQUE »

À partir du XIIIe siècle, une chronique était un recueil de faits historiques racontés dans l'ordre chronologique. Le mot a également désigné, dès la fin du XVIIe siècle : **« *un ensemble de nouvelles qui circulent sur les personnes* »**, ce que l'on appellerait aujourd'hui des potins... Quant au verbe *défrayer*, il est lié aux frais et aux dépenses, dans le sens de **« *payer les frais* »**, et au figuré, il signifie **« *de faire les frais de quelque chose* »**.

Autrement dit, celui qui défraie la chronique est celui dont les nouvelles alimentent la conversation ou qui fait les frais des ragots qui sont échangés !

Les phrases impossibles à répéter !

As-tu vu le tutu de tulle
de Lili d'Honolulu ?

Fait faire à Fabien fourbe
et fautif force farces fausses
et fantasques.

Quarante carottes crues
croient que croquer crée
des crampes.

QUIZ

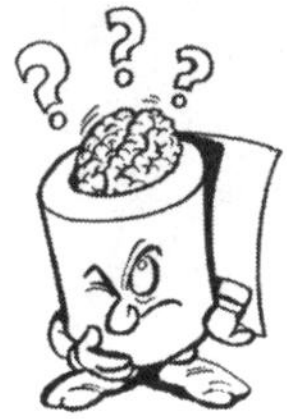

Lequel de ces systèmes est sexagésimal ?

a. La thérapie de couple
b. La mesure angulaire
c. La vitesse
d. Les troubles du comportement
e. La mesure volumique

Solution : b. C'est un système de numération qui utilise la base 60.

11 241,1 KM

Ce nombre correspond à la plus longue ligne droite que l'on puisse tracer sur la terre ferme. Elle traverse en tout 15 pays, en partant de Jinjiang, en Chine, jusqu'à Sagres au Portugal !

Énigme mathématique

Autrefois, les curés faisaient sonner les cloches de certaines églises pour donner l'heure : un ding-dong pour chaque heure. Un curé met 3 secondes pour sonner 4 heures.

Combien de temps met-il pour sonner midi ?

Solution : Non pas 12, mais 11 secondes. En effet, s'il met 3 secondes pour sonner 4 coups de cloche, cela signifie qu'il sonne un premier coup, puis une seconde plus tard un 2e coup, puis une seconde plus tard un 3e coup, et enfin une seconde plus tard le 4e, ce qui fait au total 3 secondes pour 4 coups. Une seconde correspond à la durée entre les coups. Pour sonner les 12 coups de midi, il faut donc 11 intervalles de temps entre les coups, soit 11 secondes.

CARRÉ MAGIQUE

MOYEN

Obtenez la somme de **123** sur toutes les lignes horizontales et verticales !

6		32	24		23
4		9	22	26	
11	3		29		25
	30	7		12	16
31	8	36		17	18
	37		15	19	14

Solution page 602

Le jeu des 7 erreurs

Solution page 619

Les scorpions attaquent pas mal.

LES MORPIONS ATTAQUENT PASCAL.

Les brèves incroyablement vraies du WC BOOK

- Mais d'où vient le nom de Bibendum, le personnage des pneus Michelin ? De la phrase latine « *Nunc est bibendum* », que l'on traduit par « *c'est maintenant qu'il faut boire* ». S'il n'y a pas de rapport direct avec les pneus, il y en a un avec le slogan de l'époque : « *Le pneu Michelin boit l'obstacle !* »
- Les êtres humains n'ont pas de rotules à la naissance. Elles ne se forment qu'à l'âge de 4 ans !
- Posséder un groupe sanguin de type O rend un humain deux fois plus attractif aux yeux des moustiques que n'importe quelle personne d'un type différent.
- En 1959, un saladier fut envoyé à chaque journaliste afin de lancer « Salade de fruits », interprétée par Bourvil. C'est le début du marketing dans le monde de la chanson française !
- Au même poids, les chips coûtent 70 fois plus cher que les pommes de terre.
- En 1960, Pablo Picasso confie au journal *Réveil de la France* : « *L'amateur, je m'assois dessus, et plus je m'assois, plus il paie cher.* » Ce sont les rares personnes qui ont pu s'acheter ses toiles qui devaient être contentes...
- Talkie-Walkie en anglais se dit « *Walkie-Talkie* ».

COMMENT MONTER UN MEUBLE IKÉA ?

QUAND ELLE EST ENRHUMÉE, EST-CE QU'UNE MOUCHE SE MOUCHE ?

LORSQU'UN BIGAME DOIT PORTER DES LUNETTES, PREND-IL OBLIGATOIREMENT DES DOUBLES FOYERS ?

La clim' rend-elle vraiment malade ?

La climatisation recycle, refroidit et assèche l'air, et c'est cet assèchement qui peut engendrer des irritations, des éternuements, provoquer une sensation de picotements dans les yeux et même engendrer des conjonctivites allergiques. Pour éviter cela, les appareils doivent être bien entretenus, les filtres changés régulièrement et l'eau stagnante dans le système de refroidissement doit être vérifiée, afin d'éviter toute contamination bactériologique. En réalité, c'est surtout les changements brutaux de température qui peuvent causer des troubles cardiaques ou faire tomber les gens malades, car le corps n'y est pas préparé. Aussi, il est conseillé de ne pas dépasser un écart de température de 7 °C !

QUE MANGENT LES CANNIBALES QUAND ILS FONT UN RÉGIME ?

Solution : Des Pygmées.

COMMENT APPELLE-T-ON DES ACTEURS QUI FONT DU PORNO À BOLLYWOOD ?

Solution : Des cochons d'Inde.

Dans un magasin de vêtements du Sentier, Benoît essaie un pantalon.
Moshé, le vendeur, lui dit :
« Mais il vous va parfaitement bien, ce pantalon !
– Ah bon ? Vous ne croyez pas qu'il me serre un peu trop sous les bras ? »

Le saviez-vous ?

Héritons-nous de l'intelligence de nos parents ?

C'est la question que se sont posée des chercheurs en testant les QI de vrais et de faux jumeaux, ainsi que ceux de vrais jumeaux adoptés par des familles de milieux socio-économiques différents. D'après eux, l'héritabilité serait de 40 à 80 %. Mais cette fourchette n'est valable que pour un groupe et non pour un individu, et certains scientifiques rétorquent que le gène de l'intelligence n'existe pas et que ce n'est donc pas quelque chose qui peut se transmettre ! Il a été cependant démontré que des enfants adoptés et élevés dans un cadre favorisé peuvent avoir des capacités de 10 à 15 % supérieures à celles du reste de leur fratrie élevé dans un environnement moins favorisé, ce qui constitue un héritage « acquis ».

LES PETITS BOULOTS DE MAÎTRE GIMS

Le chanteur a d'abord travaillé à La Poste où il triait le courrier la nuit, avant de travailler chez Monoprix où il s'occupait de ranger les rayons : « **J'étais vers les rayons céréales, gâteaux et compagnie. C'est un peu grâce à moi que vous avez pu facilement trouver vos foutus Chocapic.** » Il a déclaré avoir également été l'un des premiers à travailler pour Vélib', le marché des vélos en libre-service, où il y réparait les vélos !

LABYRINTHE

MOYEN

SUDOKU

1						5		
6		7		1		3		
	2		8			9		
					6	8		3
			3	5	4			
5		3	9					
		8			3		4	
		1		4		2		7
		2						9

Solution page 614

À quelle distance se trouve l'horizon ?

L'horizon matérialise la courbure de la planète. Plus le point d'observation est haut, plus on voit loin derrière cette « courbure ». C'est pour cela qu'il n'y a pas de réponse unique à cette question, la distance dépend de la taille de l'observateur ! Pour un enfant d'un mètre, l'horizon se trouve à 3 560 m. Pour un adulte d'1,80 m, il est à 4 789 m.

Paroles de célébrités :

« Marie Laforêt ? Elle envoyait du bois ! »
Maxime Leforestier

« C'est entre juillet et septembre
que le "moi" doute. »
Sigmund Freud

« Quelle vie de chien ! »
Joe Cocker

« Qui ne pète pas est voué à l'explosion. »
Confucius

« On peut toucher le fond sans être
pour autant dépressif. »
Rocco Siffredi

MOTS MÊLÉS

Fleurs

Saurez-vous retrouver chacun des mots cachés dans ce tableau ?

Les mots peuvent être écrits horizontalement, verticalement, en diagonale ou à l'envers.

Mots à trouver :

1) ACHILLEE
2) ANEMONE
3) BEGONIA
4) CLEMATITE
5) DAHLIA
6) EUCALYPTUS
7) GLAIEUL
8) GUI
9) HORTENSIA
10) IRIS
11) JACINTHE
12) LAVANDE
13) LILAS
14) NARCISSE
15) NIGELLE
16) RENONCULE
17) SCABIEUSE
18) SYMPHORINE
19) TOURNESOL
20) VIBURNUM

JEUX

D	L	Y	I	N	O	N	K	V	W	G	A	J	A	C	I	N	T	H	E
R	E	N	O	N	C	U	L	E	Z	E	T	R	K	X	Ç	O	O	I	P
Y	A	H	A	Y	M	K	H	Q	H	F	X	U	B	S	N	O	B	Ç	X
H	T	C	L	E	M	A	T	I	T	E	P	N	O	V	W	N	T	K	X
N	I	G	E	L	L	E	F	H	O	R	T	E	N	S	I	A	X	J	V
E	S	S	I	C	R	A	N	A	S	T	O	U	R	N	E	S	O	L	O
W	E	S	U	Ç	H	E	D	N	A	V	A	L	U	U	B	D	H	W	V
W	C	Ç	G	E	E	L	L	I	H	C	A	C	C	E	A	O	Y	I	K
K	A	M	I	I	O	E	Z	P	Y	H	P	A	Z	H	J	L	C	Q	Q
R	A	E	B	G	K	L	U	E	I	A	L	G	L	P	G	L	I	P	U
U	H	N	E	J	V	K	S	H	B	Y	S	I	R	I	I	N	D	Ç	K
U	H	O	Y	G	B	D	S	C	P	E	A	F	S	I	X	M	L	V	K
K	W	M	M	W	I	I	F	T	A	E	G	J	N	B	O	U	Q	T	P
D	L	E	S	Ç	N	T	U	L	C	B	A	O	F	G	V	N	H	X	S
K	E	N	W	B	R	S	N	X	F	R	I	N	N	G	L	R	N	E	B
R	W	A	V	T	W	R	F	G	O	Y	T	E	O	I	J	U	C	Q	G
R	E	N	I	R	O	H	P	M	Y	S	F	P	U	G	A	B	V	U	Z
D	I	Q	V	P	B	X	S	C	E	L	M	Q	D	S	O	I	I	V	X
B	U	Q	A	Q	Z	S	A	L	I	L	V	D	X	V	E	V	B	N	S
G	R	U	V	C	W	U	W	V	E	W	H	E	S	H	E	O	W	W	C

Solution page 607

QUE DIRENT, L'AIR DÉSESPÉRÉ, LES PARENTS DES SEPT NAINS À LA NAISSANCE DE LEUR DERNIER ENFANT ?

Solution : « *Encore un garçon !* »

POURQUOI UN CUL-DE-JATTE CHERCHE-T-IL À ACHETER UNE MAISON ?

Solution : Pour avoir un pied-à-terre.

Charade

Mon **premier**, comme la Lettonie,
est un **PAYS** appelé ainsi,
Mon **second** est le **FRUIT**
d'une circonstance imprévue.
Mon **tout** est une grosse
BOUTEILLE D'ALCOOL.

Solution : Balte-hasard (Balthazar).

LA MALADIE NEUROLOGIQUE DE CLARA LUCIANI ET SON IMPACT SUR SA VIE D'ARTISTE

Avec un premier album certifié disque de platine, **Clara Luciani** a sillonné la France pour rencontrer son public sur scène. Si l'interprète de « La Grenade » semble gérer sa carrière d'une main de maître, elle rencontre tout de même des difficultés face à un problème de santé qu'elle peine parfois à dissimuler lorsqu'elle est devant ses fans : *« J'ai une maladie qui s'appelle le tremblement essentiel. C'est neurologique, héréditaire. Ma mère a ça aussi. Je tremble toujours un peu et c'est donc accentué avec le stress et la fatigue…»* Heureusement, son équipe et elle ont trouvé une solution pour arriver à le masquer : *« J'utilise un micro avec un fil que je tiens des deux mains et ça m'équilibre. Et Les Victoires, c'est la première télé où je n'ai pas trop tremblé, où on ne voyait pas à quel point j'étais effrayée. »* **Clara Luciani** a d'ailleurs remporté le prix de la Révélation scène, lors de cette cérémonie qui l'angoissait tant en 2019, avant d'y être sacrée Artiste féminine lors de l'édition 2020 !

QUI EST L'INTRUS ?

SAXOPHONE

TROMBONE

CLARINETTE

CLAIRON

TUBA

ORGUE

TROMPETTE

FLÛTE TRAVERSIÈRE

COR

Solution : Tous ces instruments sont dans la famille de ceux à vent ; pourtant, seul le clairon ne possède ni touche ni piston.

N'oubliez
pas que le 29 mars,
on change d'heure.
Chouette !
On pourra rester 1 heure
de plus chez soi !

25 mars 2020 :
Sans vouloir me vanter,
je me lavais les mains avant
que ce soit tendance.

D'OÙ VIENT L'EXPRESSION « ÊTRE EN CHEVILLE AVEC QUELQU'UN » ?

Si vous avez déjà monté un meuble en kit, avec plus ou moins de facilité, vous avez certainement déjà utilisé ces courtes tiges de bois qui permettent de maintenir ensemble deux pièces d'un meuble. ***C'est de cette petite pièce indispensable à l'assemblage des autres que provient cette expression, synonyme d'association étroite.*** Elle est née au sein du monde des voyous et autres bandits au XXe siècle, pour évoquer la notion d'association entre des personnes à des fins… peu recommandables. Le sens s'est ensuite élargi à des associations tout ce qu'il y a de plus honnêtes !

CARRÉ MAGIQUE

DIFFICILE

Obtenez la somme de **284** sur toutes les lignes horizontales et verticales !

52	17	62		20	49	30	
66	55	8	13			24	29
9	60		54	41	28	35	
63	58		16		42	21	32
15		53	64	31		37	48
	12	67		25	44	51	22
	7	56	61	34	23	40	45
4		14	59	36	33		27

Solution page 602

PETIT JEU DÉTENTE.

RETROUVEZ LA GIRAFE, L'ÉLÉPHANT ET LE SINGE.

INDICE : LE 1 N'EST PAS L'ÉLÉPHANT !

1 2 3

Solution page 620

QUIZ

Laquelle de ces stratégies n'existe pas aux échecs ?

a. Le mat du chinois
b. Le mat des arabes
c. Le mat du couloir
d. Le mat du berger
e. Le baiser de la mort
f. Le mat de l'escalier

Solution : a.

L'ÉTONNANTE ORIGINE DES ENSEIGNES DES BUREAUX DE TABAC FRANÇAIS

Parmi les choses que l'on voit sans y prêter trop d'attention, il y a les enseignes des bureaux de tabac. Vous êtes-vous déjà demandé d'où venait ce drôle de losange rouge ? L'histoire est plutôt ancienne puisqu'elle remonte à Louis XIV ! Son ministre, Colbert, s'est rendu compte que l'État français avait beaucoup d'argent à gagner sur le commerce de tabac arrivé dans le pays, comme partout en Europe, au XVIe siècle. Il a donc décidé que sa fabrication et sa vente seraient régies par l'État. À cette époque, nulle cigarette, mais bien de larges feuilles enroulées les unes sur les autres. Ce petit bâton était appelé « carotte » pour sa ressemblance avec le légume, et il suffisait de le râper pour obtenir des brins à chiquer ou à fourrer dans une pipe. Certains revendeurs ont alors pris comme enseigne une carotte rouge, facilement repérable, et en 1906, l'État français a rendu cette enseigne obligatoire pour tous. Plus tard, la carotte a été remplacée par le losange rouge que l'on connaît aujourd'hui !

JEUX

MOTS CROISÉS

Horizontalement

1. Euphories
2. Commune française de la Corrèze
3. Mammifère arboricole d'Amérique de Sud - Lawrencium
4. Ville allemande de Thuringe - Article défini
5. États-Unis - Purifia
6. Constituer
7. Estropiés

Verticalement

I. Plaisantiez
II. Organes chez les poissons
III. Niobium - Emporta
IV. Déesse guerrière nordique - Commune française de la Haute-Garonne
V. Commune française des Pyrénées-Orientales - Protocole de résolution d'adresse
VI. Usage - Commune française de l'Aisne
VII. Ouvertures étroites dans le mur d'une tour
VIII. Scandium - Son Altesse Royale

	I	II	III	IV	V	VI	VII	VIII
1								
2								
3			■			■		■
4					■			
5				■				
6		■						
7								■
8		■		■	■	■	■	

Solution page 617

Énigme logique

Laquelle de ces lettres n'a pas
sa place parmi les autres ?

T - U - X - A - H - M - P - O - V

Solution : P. C'est la seule lettre qui n'a pas d'axe de symétrie.

Les filles sont sur les dents quand ça barde.

LES FILLES SONT SUR LES DARDS QUAND ÇA BANDE.

Le saviez-vous ?

Les brèves incroyablement vraies du WC BOOK

- Quel est le point commun entre Paul Verlaine et François Mitterrand ? Ils sont tous les deux morts un 8 janvier. Le premier en 1896, l'autre en 1996, soit exactement à un siècle d'écart !
- Vénus est l'unique planète qui tourne dans le sens des aiguilles d'une montre.
- En France, la carotte a toujours été considérée comme un légume. Mais avec l'arrivée du Portugal dans la Communauté économique européenne en 1986, et pour que celui-ci puisse continuer à vendre sa *confiture* de carotte (une spécialité locale), la CEE a dû officiellement faire de la carotte un fruit ! La cause ? Il était impossible d'appeler « confiture » un aliment fabriqué à partir de légumes…
- Vous ne trouverez aucune horloge dans les casinos de Las Vegas.
- Au début du Moyen Âge, c'est à même la nappe que les invités s'essuyaient les mains et la bouche après avoir mangé. Cette habitude a duré jusqu'à l'invention des serviettes de table, au XVe siècle.
- L'agence financière Bloomberg utilise l'étagère Ikea « Billy » comme indice pour comparer le coût de la vie entre les pays.
- En France, sur 7 homicides sur 10, la victime connaissait son assassin.

QU'EST-CE QUE 2 CANARDS QUI SE BATTENT ?

Solution : Un confit de canard.

QU'A DIT BENJAMIN FRANKLIN LORSQU'IL A DÉCOUVERT L'ÉLECTRICITÉ ?

Solution : « Ouch !!! »

Le saviez-vous ?

Les jumeaux possèdent-ils les mêmes empreintes digitales ?

Ces drôles de sillons qui se forment pendant la grossesse sont totalement uniques, c'est pourquoi même les vrais jumeaux ont des empreintes très proches, mais absolument pas identiques !

Et si on mangeait
les enfants ?
Et si on mangeait,
les enfants ?
Une virgule, c'est gratuit
et ça peut sauver
des vies !

LES QUESTIONS À LA CON

POURQUOI LES GENS NE PRONONCENT JAMAIS LE « R » QUAND ILS DISENT MARLBORO ?

SI ON CAMBRIOLE L'USINE DE KINDER, DOIT-ON CRIER « SURPRISE ! » ?

SI JE FAIS CONFIANCE À DIEU, POURQUOI EST-CE QUE JE FERME QUAND MÊME MA VOITURE À CLÉ ?

La musique, un puissant allié pour la médecine

Efficace contre le stress, agissant contre la douleur, la musique stimule aussi notre mémoire et booste l'hormone du plaisir. Pas besoin de grands classiques, une simple musique qui vous fera bouger la tête est nécessaire ! Cela va sécréter de la dopamine dans le circuit de la récompense du cerveau, ce qui explique pourquoi on ne se lasse pas de nos chansons préférées. Si elle a autant d'impact positif sur notre santé, c'est parce que la musique charme notre cerveau et qu'elle remodèle celui-ci dès le plus jeune âge, de manière à améliorer la perception du son dans les zones proches de celles de l'apprentissage et du langage. En médecine, la musicothérapie permet de stimuler la mémoire des personnes atteintes d'Alzheimer et de faire ressurgir des souvenirs, et elle permet également de rythmer la marche des individus souffrants de Parkinson afin de réduire le risque de chute… Alors lancez votre morceau préféré, préparez votre plus beau pas de danse, la musique est votre nouvel allié santé !

LABYRINTHE

MOYEN

SUDOKU

4			5			7		
5			1	2				
	8				9		1	
1					2		6	
	5	4				9	8	
	6		3					1
	1		7				2	
				8	1			4
		2			5			8

Solution page 614

Humour

Victor est à la machine à café de son entreprise pour sa pause.
Sonia arrive pour se prendre également son petit espresso du matin.
Victor, l'air embêté, glisse discrètement à l'oreille de Sonia :
« Tu le gardes pour toi, mais il paraîtrait qu'une nymphomane travaille dans nos bureaux…
– Si tu me montres ta bite, je te dirai qui c'est ! »

QUEL PLAT SENT LE CUL DE VACHE ?

Solution : La langue de bœuf.

POURQUOI LES CAGOLES PORTENT-ELLES DES CEINTURES D&G ?

Solution : Pour différencier leur droite de leur gauche !

Charade

Mon **premier** est une **CONSONNE**,

Mon **deuxième** n'est pas **BAS**,

Mon **troisième** s'empare d'une **PERSONNE TRÈS EN COLÈRE**,

Mon **quatrième** multiplié par **TROIS** est un rire.

Mon **tout** revient à **PISSER LE SANG**.

Solution : M-haut-rage-hi ! (Hémorragie).

« Mais tu as l'air bien énervé mon Gégé !
– C'est à cause de ma femme ! Elle me reproche de favoriser deux de mes gosses plus qu'un autre !
– Ça m'étonnerait de toi.
– J'aimerais juste savoir si elle parle d'Enzo, de Julie ou du roux… »

CARRÉ MAGIQUE

FACILE

Obtenez la somme de **42** sur toutes les lignes horizontales et verticales !

		6	17
10	13		
15			5
14	9	11	

Solution page 603

JUGE FAISANT VISITER SA MAISON DE CAMPAGNE...

LA PASSION SECRÈTE DE TOM HANKS

L'acteur charismatique est un collectionneur d'un genre particulier… Pas de timbres, de pièces ou de boutons, non, **Tom Hanks** est un amoureux des anciennes machines à écrire. Il dit en détenir une centaine ! D'après lui, sa passion ne repose pas que sur la beauté de l'objet. Il adore particulièrement le « *son* » que les touches produisent lorsque l'on s'en sert, le « *plaisir physique* » de taper sur le clavier, ainsi que le caractère « *permanent* » de ce qui est écrit sur une machine à écrire. Voici donc, selon ses dires, les trois piliers de son amour pour ces instruments ! Chris Hardwick, acteur et fondateur du site *Nerdist*, a su tirer profit de cet amour puisqu'il a obtenu une interview avec la star en lui faisant parvenir une « Corona 1984 », un modèle rare de machine à écrire. Ça ne se refuse pas !

QUI EST L'INTRUS ?

CHAMOIS

CARIBOU

ANTILOPE

ÉLAN

NARVAL

RENNE

YACK

BOUQUETIN

CHÈVRE

RHINOCÉROS

LICORNE

Solution : Seule la licorne est une bête à corne imaginaire dans cette liste d'animaux existants.

Plus on est âgé et plus le temps passe vite ?

Nous avons tous fait ce constat au moins une fois dans notre vie. Quand nous étions petits, les journées semblaient s'étirer à l'infini, alors qu'aujourd'hui, les 24 heures disparaissent en un claquement de doigts ! Toutefois, le temps est le même pour tous, et si pour un enfant de 5 ans, une semaine semble plus longue que pour un jeune de 25 ans, c'est uniquement car les deux individus n'ont pas la même expérience du temps écoulé ! Comparée à son vécu et à l'échelle de sa vie, une semaine ne représente pas grand-chose pour le jeune de 25 ans. Elle va donc lui sembler relativement plus courte que pour un enfant, pour lequel cette période représente tout de même un long moment de sa courte existence.

POURQUOI DIT-ON « SORTIR DE SES GONDS » ?

Les gonds ont deux fonctions : ils servent à la fois à maintenir associé à son cadre le panneau qui sert de porte, et à guider ses mouvements. C'est au XVIe siècle que cet accessoire est utilisé dans des métaphores pour désigner ce qui est contrôlé. C'est ainsi que **« se tenir sur ses gonds »** était une expression qui signifiait **« *rester raisonnable* »**. Un siècle plus tard et par opposition, l'expression **« sortir de ses gonds »** voit le jour. Elle signifie que celui qui ne se tient pas sur ses gonds perd sa raison ou son contrôle, et se met brutalement en colère !

Les phrases impossibles à répéter !

Son chat chante sa chanson.

La sole a salé son lit mais la mer a lavé le lit que la sole a salé et la sole rissole dans la casserole.

Natacha n'attacha pas son chat Poucha qui s'échappa. Cela fâcha Sacha qui chassa Natacha.

QUIZ

Quel est le plat favori d'un célèbre dinosaure vivant sur une île ?

a. Le moelleux au chocolat
b. Les doubitchous de Sofia
c. Le gloubi-boulga
d. La tarte aux poils
e. Le caviar d'escargots

Solution : c. Sur *L'Île aux enfants* (diffusée du milieu des années 1970 jusqu'au début des années 1980), Casimir ne jure que par cette mixture composée de confiture de fraises, de chocolat râpé ou en poudre, de banane écrasée, de moutarde extra forte et de saucisse de Toulouse tiède mais crue, à laquelle il ajoute parfois d'autres ingrédients comme de la crème chantilly ou des anchois.

AIMEZ-VOUS MANGER DU PLASTIQUE ?

Pas tellement ? Et pourtant, d'après une étude menée par une équipe australienne, vous ingurgiteriez en moyenne 2 000 particules et autres micro-pièces plastiques, soit 5 grammes de plastique par semaine, ce qui équivaut au poids d'une carte de crédit... La première source de cet « apport » non souhaité proviendrait de l'eau que nous buvons.

Énigme mathématique

Puisque j'avais la diarrhée, le docteur m'a donné 3 pastilles en me demandant d'en prendre une toutes les demi-heures.

Combien de temps a duré mon traitement ?

Solution : 1 heure. La deuxième pastille est prise une demi-heure après la première donnée par le médecin, la troisième à la demi-heure suivante soit une heure après la première.

JEUX

MOTS MÊLÉS

Instruments et outils de dessin et peinture

Saurez-vous retrouver chacun des mots cachés dans ce tableau ?

Les mots peuvent être écrits horizontalement, verticalement, en diagonale ou à l'envers.

Mots à trouver :

1) ACRYLIQUE
2) AQUARELLE
3) CADRE
4) CHEVALET
5) COUTEAU
6) CRAIES
7) CRAYONS
8) ENCRES
9) ESTOMPE
10) FUSAIN
11) GOMME
12) GOUACHES
13) PALETTE
14) PAPIERS
15) PASTELS
16) PIGMENT
17) PINCE
18) PINCEAUX
19) PLUME
20) TOILE

JEUX

J	P	M	A	G	M	C	O	U	T	E	A	U	W	Ç	M	M	Q	A	C
T	A	M	O	S	R	P	Q	N	S	T	E	L	A	V	E	H	C	S	T
N	P	L	F	A	N	P	A	J	Q	F	U	S	A	I	N	Z	V	O	N
V	I	M	O	L	N	O	I	J	R	P	I	N	C	E	H	C	N	W	P
M	E	R	N	L	P	Ç	Y	G	J	H	A	Q	U	A	R	E	L	L	E
H	R	H	L	D	P	E	I	A	M	C	O	G	Z	D	F	R	E	O	V
G	S	R	G	T	N	G	L	K	R	E	T	X	Ç	V	K	I	A	H	P
O	M	Y	B	C	M	Q	E	Y	C	C	N	W	Ç	K	P	H	J	X	X
L	H	F	R	U	R	T	L	P	Z	Y	Q	T	W	E	H	G	Ç	U	P
N	Ç	E	I	G	R	I	E	Z	M	G	Ç	R	J	P	Ç	I	U	A	U
O	S	Q	M	G	Q	W	H	E	K	O	V	L	D	Q	P	J	Y	E	Ç
L	W	L	G	U	V	U	S	T	M	M	T	X	S	S	A	Q	V	C	N
F	U	K	E	U	N	G	A	O	S	M	O	S	I	F	L	J	M	N	O
C	C	W	S	T	P	F	C	I	Q	E	W	Z	E	G	E	R	P	I	Y
V	N	Ç	G	U	S	P	W	L	E	C	H	E	O	Ç	T	A	O	P	D
T	B	I	S	Ç	L	A	K	E	O	R	O	C	M	J	T	C	X	B	R
Y	S	B	L	U	Z	B	P	T	W	A	D	Q	A	B	E	A	Ç	L	H
R	A	L	M	W	D	Y	W	M	H	I	Z	A	J	U	V	X	T	F	S
Q	A	E	A	F	H	S	U	P	F	E	J	E	C	Y	O	S	A	A	U
E	T	S	I	D	N	X	U	X	M	S	L	E	G	K	Z	G	S	C	J

Solution page 608

Il n'est pas difficile de mettre les chèques en valeur.

IL N'EST PAS DIFFICILE DE METTRE L'ÉVÊQUE EN CHALEUR.

Les brèves incroyablement vraies du WC BOOK

- Il vous est tout bonnement impossible d'éternuer pendant votre sommeil.
- Le mot *silhouette* vient d'un contrôleur général des Finances du roi Louis XV : Étienne de Silhouette. Il s'attaqua aux privilèges des nobles et voulut les taxer davantage, ce qui lui valut de ne tenir que 8 mois à son poste. Ses détracteurs le tournèrent en ridicule, notamment car il était toujours habillé de vêtements informes et mal taillés. Les caricatures que l'on fit de lui étaient donc sans contours, d'une forme assez vague, ce qui donna les « dessins à la Silhouette » ! Le mot fut adopté par l'Académie française dès 1835.
- Le 25 mars 1949, Winston Churchill fait la couverture du tout premier *Paris Match*.
- La lettre « w », d'origine germanique, n'est introduite dans notre alphabet qu'au XIIe siècle. Son entrée officielle dans la littérature date de *La Chanson de Roland*.
- Dotée de quatre nez, la limace est très sensible au gaz, et c'est pourquoi on l'utilisait comme signal d'alarme dans les tranchées durant la Première Guerre mondiale !
- En 1922 est élaborée la première radio portable ; elle pesait tout de même 10 kg ! La même année, le premier autoradio fut installé sur une Ford T par les Américains.
- Il est autorisé par la loi d'appeler son enfant « U », car il s'agit du prénom d'un martyr d'Extrême-Orient.

POURQUOI LE MONDE ENTIER VÉNÈRE CHUCK NORRIS, ALORS QUE BOB L'ÉPONGE FAIT CUIRE DES STEAKS SOUS L'EAU ?

EST-CE QUE POUR RÉUSSIR UN PROTHÉSISTE DOIT FAIRE DES PIEDS ET DES MAINS ?

LORS DE SON CONCERT À TOULOUSE, PATRICIA KAAS SAOULAIT ?

Alain est chez son psy :
« Docteur, j'ai un trouble de la personnalité.
– Ça se traduit comment ?
– I have a personality disorder. »

Le saviez-vous ?

Les phrases mémorables de Karl Lagerfeld, le grand de la mode disparu en 2019

« Voyez la vie en rose, mais n'en portez jamais. »

« Je suis une sorte de nymphomane de la mode qui n'atteint jamais l'orgasme. »

« Je trouve les tatouages horribles. C'est comme vivre dans une robe Pucci à plein temps. »

« La mode n'est ni morale, ni amorale, mais elle est faite pour remonter le moral. »

« Je n'ai jamais voté de ma vie. Je ne voterai jamais. Je connais trop comment fonctionne la politique pour en avoir vu les coulisses. Pour voter, il faut croire toutes les promesses qu'ils vous font, alors qu'ils ne les tiendront pas. Mais si on me donne un pin's d'Obama, je veux bien le porter. »

« Les pantalons de jogging sont un signe de défaite. Vous avez perdu le contrôle de votre vie, donc vous portez un jogging. »

Le saviez-vous ?

« Mon plus grand luxe est de n'avoir à me justifier auprès de personne. »

« Mes lunettes, c'est ma burqa à moi. Je suis un peu myope, et les myopes, quand ils retirent leurs lunettes, ils ont un air de petit chiot mignon qui veut se faire adopter. »

« Je déteste les riches qui vivent en dessous de leurs moyens. »

« Je lis de la littérature et beaucoup d'essais, de machins comme ça, mais je ne veux pas avoir l'air trop prétentieux. Les couturiers doivent lire Proust et draper du taffetas. »

« Le luxe, c'est la liberté d'esprit, l'indépendance, bref le politiquement incorrect. »

« Mon unique ambition dans la vie, c'est de porter des jeans taille 30. »

« Je n'ai ni remords ni regret. Je suis amnésique du passé. »

QU'EST-CE QUI FAIT NIOC-NIOC ?

Solution : Un canard qui parle en verlan...

OÙ A ÉTÉ SIGNÉ LE TRAITÉ DE VERSAILLES ?

Solution : En bas de la feuille !

ATTENTION !
La journée
mondiale de la
procrastination est
remise à demain !

LABYRINTHE

DIFFICILE

SUDOKU

1	5							
		7	8		4	2		
	4		5	7				1
	1	5		2				
7								3
				9		8	2	
5				3	1		9	
		4	9		8	3		
								7

Solution page 614

CARRÉ MAGIQUE

MOYEN

Obtenez la somme de **203** sur toutes les lignes horizontales et verticales !

44			12	20	28	36
27	35	43			18	19
	25	26		42	50	9
49	8	16	24	32		
	40	48	7	15		31
22	30		46	47	6	
5	13	21	29		45	53

Solution page 603

LAPIN À
LA BIÈRE

COQ
AU VIN

Charade

Mon **premier** est un

DIEU NORDIQUE,

Mon **deuxième** marque une

CONDITION,

Mon **troisième** est un

CRI DE SURPRISE,

L'ANGOISSE peut vous

mettre sur mes **quatrièmes**.

Mon **tout** est un **BOURREAU**.

Solution : Thor-si-oh !-nerfs (Tortionnaire).

J'ai signé un
contrat en viager
avec Michel Drucker.
Il souhaite récupérer
ma maison après
mon décès.

QUE S'EST-IL PASSÉ EN 1111 ?

Solution : L'invasion des Huns !?

QU'EST-CE QUI EST PETIT, CARRÉ ET JAUNE ?

Solution : Un petit carré jaune !

USAIN BOLT ET LES 1 000 NUGGETS

Si certains sportifs suivent une diète des plus strictes, **Usain Bolt**, quant à lui, se permettait d'adapter son régime à son environnement… Dans sa biographie, il explique avoir mangé en 6 jours, un total d'environ 1 000 McNuggets accompagnés de frites pendant les Jeux olympiques de Pékin en 2008, car il avait trouvé la nourriture chinoise « *étrange* ». Du fast-food pour l'homme le plus rapide du monde !? Cela n'a pas diminué ses incroyables performances puisque l'athlète a remporté 3 médailles d'or à l'époque ! Un chiffre redescendu officiellement à 2 en 2017 (soit neuf ans plus tard !), le CIO ayant décidé de disqualifier la Jamaïque du 4 x 100 m qu'elle avait remporté, suite au réexamen des analyses de Nesta Carter, l'un des coéquipiers de Bolt, reconnu coupable de dopage à la méthylhéxaneamine. Une idée de menu qui, assurément, laisse à désirer et coûte plus cher que de la malbouffe…

Humour

« C'est quoi ton signe astrologique ?
– Poissons.
– Et ton signe astrologique en chinois ?
– Euh… Poitons. »

QUI EST L'INTRUS ?

STREET FIGHTER

RESIDENT EVIL

PRINCE OF PERSIA

TOMB RAIDER

WARCRAFT

SONIC

MORTAL KOMBAT

SUPER MARIO BROS

HITMAN

SILENT HILL

ASSASSIN'S CREED

FINAL FANTASY

SPACE INVADERS

Solution : De tous ces succès historiques du jeu vidéo, seul *Space Invaders* n'a pas été adapté au cinéma.

Combien y a-t-il d'argent en circulation dans le monde ?

Selon l'agence de renseignement américaine (CIA), l'équivalent de **89 billions*** d'euros sont en circulation, répartis entre les différents pays. La Chine était celui qui possédait le plus d'argent **(27,5 billions d'euros)**, arrivaient ensuite les États-Unis **(15,4 billions)**, puis le Japon **(9,8 billions)**, l'Allemagne **(3,6 billions)**, l'Angleterre **(3,4 billions)** et la France **(2,5 billions)**. Mais la grande majorité de ces montants n'existe que sur des comptes bancaires, l'argent physique, composé de pièces et de billets, ne représenterait que **5,5 billions** !

* Pour rappel, un billion = un million de millions ou mille milliards.

D'OÙ VIENT L'EXPRESSION « VEILLER AU GRAIN » ?

Rien à voir avec l'agriculture ou les champs de blé ! Elle est empruntée au langage maritime, où un **« grain »** est un coup de vent brutal et court, parfois accompagné d'un nuage qui l'annonce, ou bien de neige, voire de grêle. D'après le *Dictionnaire historique de la langue française*, ce terme pourrait venir des grêlons qui tombent parfois sur le bateau au cours d'un grain.

Un marin efficace se doit donc d'être constamment sur ses gardes pour pouvoir réagir rapidement si un grain s'abat sur le bateau ! Par extension, quiconque doit surveiller le danger doit **« veiller au grain »**, c'est-à-dire se tenir sur ses gardes, prévoir et prévenir le danger.

Je pense que
les week-ends sont
fabriqués en Chine.
Ils ne durent vraiment
pas longtemps !

Alors les parents ?
C'est bon ?
Vous avez compris que
votre enfant n'est pas un petit
génie surdoué qui s'ennuie en classe
parce qu'il est en avance mais
juste un petit con chiant ?

8 avril 2020 :
L'APOCALYPSE
Ce à quoi je m'attendais :
anarchie et zombies.
Ce que j'ai : télétravail et pénurie
de papier toilette.

QUIZ

Lequel de ces cocktails ne contient pas de rhum ?

a. Daïquiri
b. Cuba libre
c. Piña colada
d. Mojito
e. Jungle Juice

Solution : e. C'est un cocktail à base de vodka, de jus d'orange, de jus de citron et de crème de cassis.

« J'adore Fifi !
– Fifi Brindacier ?
– Non ! L'impératrife, imbéfile ! »

JEUX

MOTS CROISÉS

Horizontalement

1. Interrogation
2. Plante vivace
3. Kenaf - Petit ruisseau
4. Unité d'intensité du son - Classai
5. Pronom personnel
6. Contrôleur
7. Hassium
8. Interjection exprimant la douleur

Verticalement

I. Texte religieux
II. Employables
III. Commune française du Nord
IV. Stéradian - Suite enchevêtré de choses
V. Adjectif possessif
VI. Préfixe - Langue d'Afrique de l'Ouest
VII. Colora en ocre
VIII. Commune française d'Indre-et-Loire - Cale en forme de V

	I	II	III	IV	V	VI	VII	VIII
1								
2								
3				■	■	■		
4			■					
5			■		■		■	
6								■
7			■		■		■	
8	■	■						

Solution page 618

PROFESSION : TUEURS À GAGES

On en voit beaucoup au cinéma, mais existent-ils vraiment ? Eh bien oui, ces assassins professionnels qui tuent sans vergogne en échange d'argent ou de faveurs ne sont pas imaginaires ! Le plus souvent, ils ont le rôle d'exécuteur au sein d'une organisation criminelle, comme l'a été Richard Kuklinski (1935-2006), surnommé « Ice Man ». Le tueur du clan Gambino, l'une des cinq familles mafieuses de New York (affiliée à la Cosa nostra), a déclaré avoir tué près de 100 personnes en trente années de carrière. Même si d'après la police, la vérité serait plus près de 250 assassinats… Les tueurs à gages sont souvent dépeints comme des psychopathes, et ce n'est pas le cas d'Abe Reles (1906-1941) qui donnera tort au cinéma. Son arme favorite lorsqu'il travaillait dans les années 1930 ? Un pic à glace ! Il le plantait derrière l'oreille de ses victimes, directement dans le cerveau. D'après la rumeur, il aurait assassiné au moins un millier d'individus…

Gérard et Bernard boivent un café au bistrot du Vieux Port :
« Gérard, tu sais quoi ??? Ma femme m'a quitté parce que je suis, soi-disant, obsédé par l'OM !!!
– Mais comment ça !? Incroyable ! Et ça fait combien de temps que vous étiez mariés ?
– On était ensemble depuis 6 saisons et demie quand même ! »

CARRÉ MAGIQUE

DIFFICILE

Obtenez la somme de **203** sur toutes les lignes horizontales et verticales !

30		46	47		14	22
13		29	37	45		5
52	11	12	20	28		
35	43	51	10		19	27
	26	34		50	9	17
	16		32	33	41	49
40	48	7		23	31	

Solution page 603

AH NON, MADAME, DÉSOLÉ, Y'A PAS D' LÉZARD !

Énigme démoniaque

Trouvez le mot mystère

Magique ou parfait,
Certains y mangent,
D'autres y plantent,
Quand ce n'est pas une racine.
On l'aime quand il est de porc ou de veau,
Les conducteurs s'arrêtent en le voyant,
On y élève parfois un nombre…

Qui est-ce ?

Solution : Le carré. En mathématiques, le carré magique ou parfait. Le carré des officiers, lieu de restauration sur un bateau. Le carré est également une surface cultivée dans un jardin. La racine carrée. Le carré est aussi un morceau de viande correspondant aux côtelettes. Le carré est un signal absolu pour un conducteur de train. On élève aussi un nombre au carré.

Paul, écrivain amateur, vient de terminer son tout premier roman. Son rêve est, bien sûr, de le voir publier. C'est ainsi qu'il l'envoie d'abord à un célèbre éditeur, Carl. N'ayant aucune nouvelle après trois mois, il se décide à lui téléphoner.
Le grand éditeur, du coup, annonce au jeune écrivain :
« J'ai deux nouvelles pour vous, une bonne et une mauvaise. La bonne, c'est que Spielberg a dévoré votre roman.
– Pas possible !!! Mais je vis un rêve !!! Après ça, je suis prêt à entendre n'importe quelle mauvaise nouvelle…
– Eh bien, voilà… poursuit l'éditeur, Spielberg, c'est le nom de mon chien ! »

Il court, il court, le furet.

IL FOURRE, IL FOURRE, LE CURÉ.

Gérard est bègue et en souffre terriblement. Il est incapable de prononcer les mots commençant par « b ». Ses amis se moquent tout le temps de lui, surtout quand ils sortent et qu'il commande une bière au pub.
Il décide un jour que ça doit changer et s'entraîne pendant des semaines à prononcer le mot « bière » sans effort, seul chez lui. À force de ténacité, il y arrive enfin !
Très fier de lui, il décide d'inviter ses potes au pub. La serveuse s'approche et prend les commandes.
Elle demande à Gérard :
« Vous prendrez quoi ?
– Une BIÈRE ! »
Étonnement général et admiration de tous ses amis.
Puis, la serveuse ajoute :
« Brune ou blonde ? »

LABYRINTHE

DIFFICILE

SUDOKU

	4					8		2
		1	7		4			
				3				1
3		8			6			5
	5						2	
1			5			3		8
5				1				
			8		9	4		
4		6					8	

Solution page 614

Les brèves incroyablement vraies du WC BOOK

- Les parents du pharaon Toutankhamon étaient frère et sœur.
- Les panthères noires n'existent pas ! Il s'agit en réalité de léopards, de jaguars ou de pumas atteints de mélanisme (du grec « mélas », qui veut dire noir), une anomalie de coloration qui provoque un excès de pigmentation.
- Le président Macías Nguema a changé la devise nationale de la Guinée équatoriale en 1978, par *« Il n'y a pas d'autre dieu que Macías Nguema »*, et il a même obligé tout le pays à l'appeler « Miracle unique de la Guinée équatoriale » !
- On passe en moyenne 6 mois de sa vie assis dans son véhicule devant un feu rouge.
- Vous pouvez donner votre âme comme garantie pour un prêt bancaire en Lettonie.
- En 2013, un Américain a acheté une maison en face de chez son ex-femme et a installé un doigt d'honneur géant en bronze de 3 mètres de long afin qu'elle et son nouveau compagnon le voient tous les jours.
- Ce sont les hommes qui portaient initialement les talons hauts. Provenant à l'origine de la cavalerie perse pour faciliter l'équitation, la tendance a fini par arriver en Europe au Xe siècle : les talons dénotaient alors d'une classe sociale supérieure.

UNE PARTIE DE JAMBES EN L'AIR ENTRE AMATEURS DE CHAMPIGNONS S'APPELLE UN 5 À CÈPES ?

DANS UN CONCERT, QUAND LE CHANTEUR NOUS HURLE : « EST-CE QUE VOUS ÊTES LÀ ? », C'EST QUI LE PLUS CON ? LE CHANTEUR QUI POSE LA QUESTION OU NOUS QUI Y RÉPONDONS ?

POURQUOI C'EST TOUJOURS MOI QUI AI LES YEUX ROUGES SUR LES PHOTOS ?

Humour

Gérard vient d'obtenir un boulot de vigile de nuit dans une usine proche de chez lui.
Le DRH lui explique pourquoi : de nombreux vols ont été constatés par l'équipe de nuit. La situation n'est plus tenable pour la direction de l'entreprise.
Gérard devra donc rapidement faire preuve d'efficacité. Sa première nuit de garde se passe correctement. Rien de suspect. À la sortie des équipes au petit matin, il fouille chaque ouvrier un par un. Rien. Absolument rien. La seule chose qu'il remarque est une poubelle en plastique qu'un ouvrier tient dans ses bras. Il s'approche de lui et demande d'examiner le contenu de la poubelle. Il n'y trouve que des papiers. Gérard, toujours consciencieux, interroge l'ouvrier :
« C'est quoi, ces papiers ?
– Oh... ça ??? Ce n'est rien. Je suis artiste à mes heures perdues et je réalise des objets en papier mâché. Ce sont les déchets en papier de l'entreprise que je récupère. Vous savez, on doit être tous sensibles aux problèmes de la planète comme dirait Greta Thunberg. Ces papiers étaient destinés à être jetés, alors... »
Gérard le laisse partir mais décide tout de même de surveiller ce gars de près... Les jours passent... Les semaines passent... Chaque jour, il constate le même petit manège... Tous les matins, l'ouvrier sort les déchets de papier de l'entreprise dans sa poubelle en plastique.
Puis un jour, Gérard est convoqué par le directeur de l'usine qui n'y va pas par quatre chemins :
« Voilà, vous êtes tout simplement viré !
– Quoi ? Mais qu'est-ce que j'ai fait de mal ? Il n'y a eu aucun vol constaté depuis que je suis en fonction !
– Ah bon ? répond le directeur. Parce que 285 poubelles en plastique qui disparaissent, c'est rien pour vous !? »

Savez-vous faire la différence entre un nourrisson et un nouveau-né ?

- Un nouveau-né est un enfant de moins de 28 jours.
- À partir de 28 jours et jusqu'à ses 2 ans, il est considéré comme un nourrisson.

MOTS MÊLÉS

Les prénoms des héros de séries télévisées

Saurez-vous retrouver chacun des mots cachés dans ce tableau ?

Les mots peuvent être écrits horizontalement, verticalement, en diagonale ou à l'envers.

Mots à trouver :

1) BETTY
2) CARRIE
3) CHANDLER
4) DAENERYS
5) DANA
6) DARYL
7) DEXTER
8) FRANK
9) GHOST
10) HANNIBAL
11) JON
12) NEGAN
13) RACHEL
14) RAGNAR
15) RICK
16) SAUL
17) SOOKIE
18) SPARTACUS
19) SPOCK
20) WALTER

JEUX

V	O	X	K	D	Z	V	J	L	N	E	G	A	N	J	B	A	B	P	C
P	H	H	C	J	F	C	R	U	Q	T	O	A	B	O	M	E	N	J	H
B	I	K	I	M	M	W	T	E	I	L	A	B	I	N	N	A	H	S	O
E	F	D	R	W	I	M	B	A	T	U	Y	R	I	T	F	C	E	Z	A
M	T	L	P	E	P	S	J	R	W	X	W	U	G	F	L	V	Ç	S	V
Z	G	Ç	W	X	T	U	Q	E	Y	K	E	B	V	H	U	D	L	P	J
A	F	Q	Ç	A	L	L	K	S	A	F	D	D	B	L	O	C	U	O	F
Ç	W	B	V	V	A	D	A	P	B	T	R	X	H	U	H	S	C	C	A
Y	V	V	G	S	G	N	D	W	P	J	N	A	U	A	B	E	T	K	G
X	L	H	X	Z	U	C	L	W	Z	L	N	L	N	S	H	P	A	B	V
A	V	H	G	F	E	C	B	H	T	M	Y	D	E	K	S	C	N	N	I
N	D	P	X	K	T	R	A	C	H	E	L	R	E	H	D	Z	A	M	J
G	M	J	G	Y	S	B	K	T	G	E	E	K	A	M	J	C	D	E	Z
E	X	K	F	X	Y	I	Z	T	R	G	W	I	P	D	V	A	I	U	J
R	G	M	I	W	R	L	G	F	C	A	Q	P	K	S	D	R	H	N	B
N	E	D	A	E	E	Z	W	D	P	U	P	I	X	O	R	Q	Z	W	H
B	D	C	R	A	N	G	A	R	R	S	P	S	E	A	O	D	F	H	M
G	Q	S	H	Z	E	A	L	B	E	T	T	Y	C	K	N	S	Q	C	L
V	M	Y	J	C	A	B	R	D	I	Y	N	U	Z	S	L	G	A	E	D
Y	U	N	U	D	D	Ç	Q	M	K	J	S	O	Z	X	U	T	D	X	U

Solution page 608

BREAKING NEWS !
3 astronautes
placés en garde à vue
après avoir montré
l'orbite.

QUELLE EST LA DIFFÉRENCE ENTRE TOMBER DU 1ER ÉTAGE OU DU 12E ÉTAGE ?

Solution : Du 1er étage : « PAF ! Ahhhhh ! » Du 12e étage : « Ahhhhhh ! PAF ! »

QUELLE EST L'HEURE PRÉFÉRÉE POUR UN FAKIR ?

Solution : L'heure de pointe !

« Oh ! T'es enceinte ! Mes félicitations ! Tu connais le sexe ?

– Ben oui… sinon je ne serais pas enceinte… »

Charade

Mon **premier** est un

MODÈLE D'ÉTUDE,

Mon **deuxième** est une

SORTE DE PENSION,

Mon **troisième** est un

SENTIMENT de violente détestation.

Le **CONFINEMENT**

est à mon **tout** ce qu'un mari est à l'époux.

Solution : Cas-rente-haine (Quarantaine).

POURQUOI RYAN GOSLING A-T-IL ÉTÉ CHOISI POUR SON RÔLE DANS N'OUBLIE JAMAIS ?

La réponse va vous surprendre, ce n'est pas grâce à son petit minois… Bien au contraire ! Le réalisateur Nick Cassavetes l'a sélectionné, car il manquait de « sex-appeal ». Il lui a même dit qu'il voulait qu'il joue ce rôle précisément, car il n'était pas comme les autres acteurs de Hollywood : « **Tu n'es pas beau, tu n'es pas cool, tu es juste un gars ordinaire qui ressemble à un peureux.** » Voilà de quoi développer une bonne confiance en soi…

QUI EST L'INTRUS ?

FRANCE

ITALIE

ANGLETERRE

ESPAGNE

ALLEMAGNE

BELGIQUE

SUISSE

PORTUGAL

GRÈCE

ROUMANIE

POLOGNE

IRAN

Solution : De tous les pays cités, seul le drapeau de la Grèce ne comporte pas la couleur rouge.

Alexandre Dumas, un fin gastronome !

On le sait peu, mais le célèbre écrivain était aussi doué avec une plume qu'avec les ustensiles de cuisine. Peut-être avait-il hérité de son grand-père aubergiste ? Quoi qu'il en soit, il a écrit en 1870, un *Grand Dictionnaire de cuisine* dans lequel on retrouve l'histoire des aliments et des ustensiles de cuisine, ainsi que 3 000 recettes qu'il dit avoir toutes essayées !

« Oh, Tony !
Quand je suis avec
toi, j'oublie tout !
– Heu... moi,
c'est Paul.
– Ah... tu vois !!! »

CARRÉ MAGIQUE

FACILE

Obtenez la somme de **38** sur toutes les lignes horizontales et verticales !

	9		15
	14	3	8
7		17	
16	11		

Solution page 603

NO SMOKING
NO SMOKING

PEOPLERIES

DES STARS ET DES SECTES

Madonna – La chanteuse a été membre de la Kabbale, un courant mystique minoritaire du judaïsme antique, dans la fin des années 90. On reconnaît ses membres par le port d'un fil rouge autour du poignet.

Rose McGowan – L'actrice de *Charmed* a grandi au milieu des membres d'une secte, appelée « Les enfants de Dieu ». Elle lui aurait fait croire que la sexualisation des femmes était normale. Ce mouvement était connu pour son mélange d'idéaux hippies et de religion.

Joaquin Phoenix – L'acteur de *Gladiator* et du *Joker* a été élevé dans la même secte. Sa famille aurait parcouru les routes d'Amérique du Sud pour transmettre ses idées… Après avoir quitté la secte, le clan aurait changé de nom, délaissant les Bottom, pour les Phoenix !

Tom Cruise – Il a rejoint le mouvement de l'Église de scientologie en 1990. Il y a introduit ses ex-femmes (Nicole Kidman et Katie Holmes), mais ce serait sa première épouse, Mimi Rogers, qui lui aurait fait découvrir cette secte.

Il n'y a pas que la pluie qui tombe du ciel...

Les virus aussi, puisqu'ils sont au nombre de **800 millions** à tomber quotidiennement sur chaque mètre carré de notre planète ! Avant de chuter, ils auront été ballottés d'un continent à un autre par les vents de poussières, entre **2 500** et **3 000 mètres** d'altitude.

Le saviez-vous ?

Pourquoi le maillot jaune du Tour de France est-il de cette couleur ?

Le premier du classement général de cette compétition porte le maillot jaune, ça, c'est un fait. Mais pourquoi pas bleu, blanc ou même rouge ? Il faut remonter au mois de novembre 1902, date à laquelle l'idée de la création du Tour de France est née, durant un déjeuner entre Henri Desgrange, directeur du journal sportif *L'Auto* et son collaborateur Géo Lefèvre. Le plan est simple : publier quotidiennement un article sur l'étape du jour pour que les gens achètent le journal. Trois mois plus tard, *L'Auto* annonce la création de ***« la plus grande course du monde entier »*** ! L'événement remporte un franc succès et est reconduit les années suivantes. Le seul problème de cette compétition : impossible de distinguer le leader au milieu du peloton, noyé dans la masse de cyclistes. Pour parer ce problème, Desgrange opte, lors du Tour de 1919, pour l'utilisation d'un maillot de couleur jaune, une couleur liée… à celle de son journal, *L'Auto*, qui était imprimé sur du papier jaune !
De la même manière, depuis 1931 en Italie, le maillot du leader du Tour d'Italie est rose, car il s'agit de la couleur des pages du journal qui organise l'événement *(La Gazzetta dello Sport)*.

Je ne toucherai jamais au shit. Relis cette phrase de gauche à droite. J'ai dit de gauche à droite. T'as fumé ou quoi ?

WILL SMITH N'APPRÉCIE PAS D'EMBRASSER DES HOMMES

Dans le film *Six degrés de séparation* (1993), même si **Will Smith** incarne un jeune homme bisexuel, sur le tournage, il refuse d'embrasser l'un de ses partenaires. Il exigera même que le réalisateur modifie le script ! L'acteur confiera quelques années plus tard : « *C'était très immature. Je ne cessais de me demander ce que mes amis de Philly allaient en penser. Je n'étais pas suffisamment équilibré pour m'investir dans cet aspect du film.* »

QUIZ

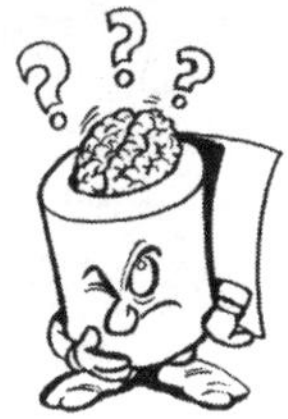

Combien d'épisodes compte la série télévisée *Friends* ?

a. 132
b. 240
c. 480
d. 236
e. 360
f. 180

Solution : d. D'une durée de 22 minutes, ils ont été diffusés sur 10 saisons, à partir de 1994, pour ce qui est des États-Unis, et deux ans plus tard chez nous (en VO sur Canal Jimmy).

Niveau écologie,
il faut vraiment
qu'on réfléchisse au
monde qu'on laissera
à Michel Drucker
et nos enfants.

FAIRE L'AMOUR POUR LUTTER CONTRE LES MALADIES HIVERNALES

Si vous n'aimez pas les médicaments, cette solution aura tout pour vous plaire... Une étude réalisée par des chercheurs de la Wilkes University de Pennsylvanie montre, d'après les résultats obtenus, que le remède le plus efficace pour combattre la grippe, le rhume ou toute autre maladie de ce type serait d'avoir des relations sexuelles.

L'explication a été validée par de nombreux médecins : faire l'amour active la circulation sanguine et augmente le taux d'immunoglobuline A dans le sang (un anticorps puissant). De fait, les personnes les plus sexuellement actives sont celles qui ont le plus d'anticorps et elles tomberaient beaucoup moins malades l'hiver !

LABYRINTHE

MOYEN

SUDOKU

		2						
	5	6	9	2				1
				1		2	8	
9	8		1					3
1								6
2					7		4	9
	2	9		8				
6				5	3	7	9	
						6		

Solution page 615

Énigme logique

Le boulanger demande à son apprenti d'exposer ses dernières créations sucrées à la vitrine de sa boutique. Le jeune homme range le gâteau jaune au milieu, le rouge n'est pas entouré de deux gâteaux, le vert est à côté du rouge, l'orange est tout à droite, le gâteau du centre est entre le rose et le bleu, et enfin l'orange et le bleu sont de chaque côté du violet.

Comment les gâteaux sont-ils rangés ?

Solution : De gauche à droite : rouge, vert, rose, jaune, bleu, violet et orange.

Tu veux savoir
si tu vas être malade
cet hiver ?
Envoie « MALADE »
au 8.tousse.tousse

Peux-tu ôter ta lampe que je guette ?

PEUX-TU ÔTER TA LANGUE QUE JE PÈTE ?

Les brèves incroyablement vraies du WC BOOK

- Si on accumule les états de somnolence, un automobiliste dort en moyenne 11 minutes sur un trajet Paris-Nice.
- De son vivant, Vincent van Gogh n'a vendu qu'un seul tableau : *La Vigne rouge*.
- Les blagues Carambar étaient rédigées en 1969 par des écoliers.
- Les membres de la famille Simpson résident au 742 Evergreen Terrace, Springfield.
- Madagascar tire son nom de Marco Polo, qui pensait alors arriver… à Mogadiscio, en Somalie.
- Une seule ligne du métro parisien traverse les deux cours d'eau, la Seine et la Marne : il s'agit de la ligne 8 !
- La colle sur les enveloppes israéliennes est certifiée kasher.
- Seuls 46 % de la population humaine se font des bisous pour témoigner de leurs sentiments amoureux.
- 70 % de toutes les épices de la planète proviennent de l'Inde.
- L'étymologie du mot orchidée vient du mot *orchis*, qui signifie « testicule » en grec ancien.
- Les fameux codes de couleur verte de *Matrix*, l'un des visuels les plus connus du cinéma, ne sont rien d'autre que des recettes de sushi.

« Ma chérie,
on aurait dû filmer
notre nuit d'amour !
– Oh, tu sais moi,
les courts
métrages... »

DE QUELLE COULEUR EST LA VOITURE DE JOHN TRAVOLTA ?

Solution : Grease !

COMMENT APPELLE-T-ON UN ASCENSEUR EN CHINE ?

Solution : En appuyant sur le bouton...

Le saviez-vous ?

Paris n'est pas si cher que ça...

… si on la compare avec les autres capitales du monde ! En effet, selon une enquête, Paris n'arrive qu'en 47e position, derrière les métropoles asiatiques. Notre capitale serait-elle devenue moins chère au fil des ans ? Malheureusement non ! La monnaie européenne a simplement perdu de sa valeur par rapport au dollar, et c'est pour cela que Paris recule dans le classement de « l'enquête internationale sur le coût de la vie pour les expatriés », année après année.

Le saviez-vous ?

Par comparaison :

Un café coûte 3 € à Paris, 3,44 € à Londres et 6,79 € à Hong Kong.

Un litre d'eau coûte 0,39 € à Paris contre 1,19 € à Tokyo et 2,11 € à New York.

Une bière Heineken vaut 0,78 € à Paris, 1,36 € à Zurich et 2,10 € à Singapour.

Un logement avec deux chambres non meublé (80 à 120 m²) est estimé à 2 600 € à Paris, 3 666 € à Londres et 7 859 € à Hong Kong !

CARRÉ MAGIQUE

MOYEN

Obtenez la somme de **196** sur toutes les lignes horizontales et verticales !

	33	41	49	8	16	24
15		31	32	40		7
47	6	14			38	39
	45	46	5	13		29
20	28			52	4	12
10		19	27		43	51
42	50		17	18	26	

Solution page 603

WC
TOC
TOC
TOC
OCCUPÉ !
WC

Gérard est chez son chirurgien esthétique :

« Bonjour docteur. Voilà... Je voudrais ressembler à Brad Pitt. Vous pouvez faire quelque chose ?

– Oui. Lui casser la gueule. »

Charade

Mon **premier** est un **PLAT**,

Mon **deuxième** **PARLE**,

Mon **troisième** est une autre façon d'appeler les **STUPÉFIANTS**,

Mon **quatrième** se célèbre le **PREMIER JOUR**.

Mon **tout** peut nous aider à retrouver la **SANTÉ**.

Solution : Met-dit-came-an (Médicament).

« Je peux te demander
un service ?
– Est-ce qu'il faut que
je me lève ?
– Oui.
– Alors, c'est non ! »

RYAN GOSLING AURAIT PU FAIRE PARTIE DES BACKSTREET BOYS !

Si son ami de l'époque, A.J. McLean, l'avait rappelé après sa demande, l'acteur aurait eu une carrière professionnelle tout à fait différente. Le groupe était tellement occupé qu'il a tout simplement oublié de le faire ! Et c'est tant mieux pour nous, ça nous fait plus de **Ryan Gosling** à l'écran.

QUI EST L'INTRUS ?

CAVIAR

ÎLE FLOTTANTE

OMELETTE

MAYONNAISE

CRÈME CHANTILLY

CRÊPES

LAIT DE POULE

QUATRE-QUARTS

CRÈME BRÛLÉE

SPAGHETTIS À LA CARBONARA

Solution : De tous ces mets, seule la crème chantilly n'est pas à base d'œufs.

Le prix du sac le plus onéreux au monde

Ce sac a été créé en 2018 par la maison Louis Vuitton. Il est en cuir de crocodile et vaut la modique somme de... **70 000** € !

MOTS MÊLÉS

Oracle de Belline

Saurez-vous retrouver chacun des mots cachés dans ce tableau ?

Les mots peuvent être écrits horizontalement, verticalement, en diagonale ou à l'envers.

Mots à trouver :

1) AMOUR
2) ARGENT
3) BEAUTE
4) CHANGEMENT
5) DECOUVERTE
6) DEPART
7) DESPOTISME
8) DESTINEE
9) ELEVATION
10) ENNEMIS
11) ENTREPRISES
12) FATALITE
13) INCONSTANCE
14) INTELLIGENCE
15) MALADIE
16) NATIVITE
17) NOUVELLE
18) PASSIONS
19) REUSSITE
20) TRAHISON

JEUX

Q	C	H	A	N	G	E	M	E	N	T	V	E	Y	L	Ç	P	M	Q	G
U	X	L	Q	C	M	Y	C	E	T	I	L	A	T	A	F	G	E	F	Ç
O	E	D	N	T	A	O	E	N	N	E	M	I	S	D	Z	H	M	L	I
T	T	J	W	Y	N	E	S	M	V	O	O	Y	E	J	M	E	Y	A	S
T	I	E	F	Q	E	D	T	A	D	Q	Z	S	T	L	L	F	T	S	T
F	V	Q	Y	E	T	W	T	R	T	D	T	C	I	L	S	R	E	H	I
Ç	I	V	B	J	D	I	H	X	E	I	G	L	E	K	E	S	W	N	D
S	T	Ç	E	E	O	R	T	I	N	V	V	V	F	R	I	S	C	X	Q
T	A	G	A	N	C	E	F	E	Z	T	U	I	S	R	K	O	T	J	O
R	N	Q	U	E	T	N	E	X	T	O	A	O	P	Z	N	N	R	M	E
A	Ç	J	T	M	T	Z	E	F	N	B	W	E	C	S	K	X	A	J	T
P	C	W	E	S	F	X	E	G	Z	P	R	D	T	E	J	T	H	X	I
E	I	G	H	I	N	F	J	O	I	T	E	A	I	A	D	A	I	B	S
D	Z	W	P	T	A	B	T	C	N	L	N	L	M	O	M	Z	S	Z	S
S	K	W	G	O	A	J	N	E	U	C	L	J	Ç	O	K	U	O	W	U
Y	F	U	H	P	Ç	S	J	I	E	Ç	L	E	U	O	F	H	N	Q	E
S	Y	C	V	S	N	O	I	S	S	A	P	R	T	V	N	Q	X	D	R
L	N	K	L	E	K	Q	T	N	E	G	R	A	C	N	K	Q	Z	B	G
Y	A	E	A	D	E	I	A	Ç	Z	P	B	P	Q	W	I	Z	D	Ç	H
Z	K	Q	P	A	C	D	R	G	M	A	L	A	D	I	E	W	W	Q	O

Solution page 609

Pourquoi le champagne rend-il ivre si vite ?

Ce n'est pas tant la boisson en elle-même qui cause cette ivresse rapide, mais plutôt ses fines et délicates petites bulles… L'alcool est déjà une molécule rapidement absorbée par la circulation sanguine, mais les bulles (faites de dioxyde de carbone) décuplent cette vitesse d'absorption en le secouant dans votre bouche, votre estomac et vos intestins ! ***Pour diminuer cet effet, mieux vaut le servir dans un grand verre peu profond.*** Les verres étroits comme la flûte permettent au contraire d'éviter de perdre trop de bulles et de conserver ainsi tout le goût du champagne.

« Comment s'est passée ton opération du tympan ?
– Oui. »

Les phrases impossibles à répéter !

Quand un cordier cordant
doit accorder sa corde,

Pour sa corde accorder
six cordons il accorde,

Mais si l'un des cordons
de la corde décorde,

Le cordon décordé fait
décorder la corde,

Que le cordier cordant
avait mal accordée.

QUIZ

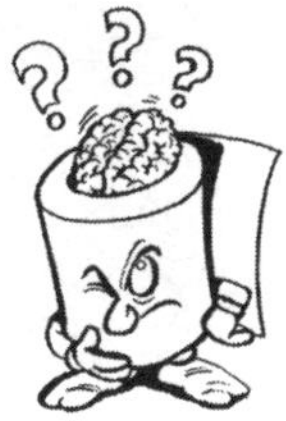

Quelle était la première cause de mortalité au monde en 2019 ?

a. Le sida
b. Le cancer
c. Le coronavirus
d. Les maladies cardiovasculaires
e. Les accidents de la route

Solution : d. Au niveau mondial, les maladies cardiovasculaires restent les premières responsables, mais le cancer est devenu, en 2019, la première cause de décès dans les pays riches.

JEUX

MOTS CROISÉS

Horizontalement

1. Point éclairés
2. Hésitera
3. T'alarmas - Avant d'être approuvé
4. Saison - Prénom
5. Bouquinaient
6. Arbre à fruits rouges - Colle
7. Pascal
8. Langue

Verticalement

I. Identifié
II. Illuminatif
III. Digues - Neptunium
IV. Institut national de l'audiovisuel - Argent
V. Commune française des Hautes-Pyrénées - Pronom personnel
VI. Note - Petite quantité
VII. Commune française de l'Aisne - Polonium
VIII. Commune française du Vaucluse - Aluminium

JEUX

	I	II	III	IV	V	VI	VII	VIII
1								
2								
3						■		
4				■	■			
5								
6			■				■	■
7		■		■	■	■		
8								

Solution page 618

« Chéri, ce soir, je veux que tu me fasses l'amour.

– Non. Je n'en ai pas envie.

– Je veux que tu me fasses l'amour !!!

– Je t'ai dit NON !

– C'est ton dernier mot, Jean-Pierre ?

– Oui, c'est mon dernier mot.

– Très bien. J'appelle un ami ! »

LES DÉCOUVERTES LES PLUS INSOLITES DE LA DOUANE FRANÇAISE !

- Des chips de cocaïne.
- 245 000 € en petites coupures dans un sac, caché à bord d'un bus de voyageurs.
- 15 tonnes de déchets dangereux.
- 1 kg de diamants bruts de contrebande (estimation : 300 000 €).
- Du vin usurpant des appellations AOC.
- 122 poussettes de contrefaçon.
- 2 bas-reliefs issus de pillages en Syrie.
- 369 cactus d'espèces protégées.

LABYRINTHE

DIFFICILE

SUDOKU

3				8		4		2
	6			7		9		
					5			
	2						3	5
		9				1		
8	4						9	
			7					
		1		3			2	
9		5		4				6

Solution page 615

Deux cagoles discutent :
« Tu savais qu'il fallait trois moutons pour tricoter un pull ?
– Ah bon ??? Ben… non. Je ne savais même pas que les moutons savaient tricoter ! »

Quel est l'être vivant qui vit le plus en profondeur sous la terre ?

Le premier sur le podium n'est autre qu'un ver d'un demi-millimètre qui vit entre 900 m et 3,6 km de profondeur sous terre et qui se nourrit de bactéries. Il a été découvert dans une mine d'or sud-africaine en 2011 et porte le doux nom de *Halicephalobus mephisto*. Mephisto vient de Méphistophélès, l'autre nom du Diable, et lui a été donné pour sa capacité à vivre dans des températures avoisinant les 50 °C !

Cette forme de vie représente, d'après des chercheurs, une masse de 15 à 23 milliards de tonnes de carbone, soit 245 à 385 fois celle des 7,7 milliards d'êtres humains de notre planète !

CARRÉ MAGIQUE

DIFFICILE

Obtenez la somme de **203** sur toutes les lignes horizontales et verticales !

	46	47	6	14		30
9	17		26	34	42	50
29	37	45		5	13	
49	8			32	33	41
20	28	36	44		11	
40		7	15	23		39
	19	27	35		51	10

Solution page 603

J'AI MAL AU DO !

Énigme à la con

Georges, chauffeur de taxi
depuis vingt-cinq ans, est un peu pressé.
Il s'engage dans une rue en sens interdit.
Il regarde sans se soucier du panneau rouge et
poursuit sa route. Au bout de la rue, il tombe
sur un policier ! Il s'arrête, discute un peu avec
lui et repart sans aucune punition.

Comment cela est possible ?

Solution : Le chauffeur de taxi était à pied...

Nos parents,
ils faisaient quoi pour
tuer le temps avant
Facebook ?
J'ai demandé à mes
27 frères et sœurs et ils
n'en ont aucune idée.

La petite Cosette nous a gentiment offert son jus.

LA PETITE JOSETTE NOUS A GENTIMENT OFFERT SON CUL.

Des gamins dans la cour de récréation :
« Et si on jouait aux Romains ? Moi, comme je m'appelle Charles, je serai Charlus.
– Et moi, Marcus, dit Marc.
– Et moi, Angelus, dit Angèle.
– Ouais… Ben moi, je joue pas », dit Anne.

QU'EST-CE QU'UN AUTOBUS ?

Solution : Un moyen de transport qui roule deux fois plus vite quand on court après que lorsqu'on est dedans !

COMMENT EMPÊCHER SA BELLE-MÈRE DE SE NOYER ?

Solution : En retirant le pied qui appuie sur sa tête.

Pourquoi la langue du chat est-elle si râpeuse ?

Les papilles du chat sont cornées, faites de kératine comme nos ongles, et fixées au muscle par un tissu mou, ce qui leur permet de pivoter pour mieux s'enfoncer dans les nœuds des poils. Leur surface est donc couverte de minuscules griffes pointues qui accentuent l'ancrage. De plus, quand l'animal se lèche, sa langue se creuse en V en se rétractant, ce qui donne encore plus de force au mouvement. Voilà pourquoi la langue du chat est si râpeuse, elle est la plus puissante des brosses démêlantes !

Les brèves incroyablement vraies du WC BOOK

- Quel est le comble pour un livre *Guinness des records* ? En détenir un ! En effet, il détient celui du livre le plus volé dans les bibliothèques !
- Par définition, un antonyme est un mot qui a un sens opposé à un autre. Le mot *antonyme* est donc l'antonyme du mot *synonyme*.
- Il n'y a que dans l'épisode 42, « Soup or Sonic », que Coyotte réussit à attraper Bip-Bip.
- Napflix est un site qui parodie Netflix afin de vous encourager à faire la sieste (*nap* veut dire « sieste » en anglais) ! Il propose en toute gratuité et simplicité du contenu pour vous aider à vous endormir.
- Le lundi est le jour de la semaine où les gens ont davantage de probabilité de faire un infarctus (environ 20 % de plus comparé aux autres jours).

- Le nom de Rocky Balboa, le boxeur incarné par Sylvester Stallone au cinéma, est un hommage à Rocky Marciano. Il est le seul boxeur poids lourd qui soit resté invaincu durant sa carrière professionnelle !
- Les petites boules qui roulent dans le désert, symbole du Far West ou des silences gênants au cinéma, ont un nom ! On les appelle des virevoltants ou *tumbleweeds* en anglais, traduit littéralement par « herbe qui tourne ».
- Le premier juron de l'espace eut lieu dans Apollo 10, lors d'une erreur de manipulation qui provoqua une rotation incontrôlée de plusieurs secondes. Une fois la frayeur passée, Eugène Cernan lâcha un joli « *Son of a bitch* »… alors que les micros étaient encore en marche.

Le seul à avoir percé dans la flûte, c'est celui qui a fait les trous dedans…

Parlez-vous l'Anne Hidalgo, maire de Paris ?

- « Chocs ponctuels » = Attentats
- « Personnes en situation de rue » = Sans-abri
- « Intensité de sollicitations piétonnes » = Piétonnisation des places
- « Modernisation tarifaire » = Hausse des tarifs
- « Forfait post-stationnement » = Amendes
- « Langage moins routier » = Suppression de feux tricolores
- « Valorisation du domaine public » = Hausse des redevances
- « Rééquilibrage de l'usage de l'espace public » = Fermeture de voies de circulation
- « Dérégulation de certains quartiers » = Hausse de l'insécurité et de la saleté
- « Orientations sociales de la surface habitable » = Construction de logements sociaux
- « Végétation verdoyante, sauvage et spontanée » = Espaces verts à l'abandon
- « Schéma destructeur de la production linéaire » = Promotion du recyclage
- « Dynamique naturelle à la salissure » = Saleté
- « Pédagogie innovante individualisée en petits groupes » = Cours de musique

« Ben alors ? Comment tu la trouves, ma meuf ?
– Elle me fait penser à ta télé.
– Bruyante ?
– Non. LED et extra-plate. »

POURQUOI LE LAPIN EST BLEU ?

Solution : Parce qu'on l'a peint !

COMMENT APPELLE-T-ON LES REPTILES QUI PRATIQUENT LE KARATÉ ?

Solution : Lézards martiaux...

Charade

Mon **premier** est un

PLAT MIJOTÉ en sauce,

Le **PRÉTENTIEUX** ne semble

pas manquer à mon **deuxième**,

Mon **troisième** est une

AUBAINE.

Pourvu que mon **tout** n'essaie

pas de te **MORDRE LE**

POSTÉRIEUR !

Solution : Daube-air-manne (Doberman).

Ma vie sexuelle,
c'est un peu comme
le nouveau système
de paiement…
SANS CONTACT !

CLOWN, LE PREMIER RÔLE D'HUGH JACKMAN

Avant d'être la star planétaire que l'on connaît aujourd'hui, **Hugh Jackman** gagnait sa vie comme clown pour les fêtes d'anniversaire. Il a fait ça pendant environ trois années avant d'arrêter. « *J'étais Coco le clown et je n'avais pas de tours de magie, je me souviens d'un petit garçon de 6 ans qui a dit à sa mère : 'Maman, ce clown est terrible' et il avait raison.* »

QUI EST L'INTRUS ?

BATMAN

CATWOMAN

SPIDERMAN

SUPERMAN

CAPTAIN AMERICA

IRON MAN

WOLVERINE

DAREDEVIL

FLASH

BLACK PANTHER

DEADPOOL

Solution : Le visage de tous les super-héros de cette liste, à l'exception de Superman, est caché sous un masque ou un costume.

CARRÉ MAGIQUE

DIFFICILE

Obtenez la somme de **268** sur toutes les lignes horizontales et verticales !

2	57	14	61	34		46	
64	11		55	32	43		23
5	54		10	37	38	33	26
63		3	56		44	19	40
	60	51	8	47	28		24
53	6	17	58			49	42
	59	52		48	27	20	39
50		62		18	41	30	45

Solution page 604

HIVER
PUTAIN DE FROID !
PRINTEMPS
ATCHAA ! PUTAIN DE POLLEN !
ÉTÉ
PUTAIN DE CHALEUR !
AUTOMNE
PUTAIN DE PLUIE !

Tous les comédiens vivent-ils de leur métier ?

Des mathématiciens britanniques se sont penchés sur la question et ont analysé la carrière de plus de **2,5 millions** d'acteurs de cinéma depuis 1880. La réponse est édifiante : seuls **2 %** arrivent à en vivre et pour **70 %** d'entre eux, leur carrière ne dure pas plus d'une année.

Je voulais faire une vanne sur ma bite, mais on va encore me la pomper !

LABYRINTHE

MOYEN

SUDOKU

4					3			9
					1	4		
				2		8	6	
	4					7	8	
	6		4		8		1	
	8	3					9	
	2	9		8				
		4	2					
5			9					2

Solution page 615

Comment se fait-il que nos oreilles se bouchent lorsque l'on bâille ?

Lorsque vous bâillez, les sons que vous entendez vous semblent un peu déformés ? C'est normal, cela est dû à la forme du crâne, de la mâchoire et des oreilles qui empêche une bonne perception du son. Le bruit nous parvient alors uniquement par les os, sans passer par le conduit auditif, et c'est pour cette raison que nous l'entendons d'une manière étouffée. Cette perte d'audition temporaire est causée par l'ouverture des trompes d'Eustache, des étroits conduits de quelques centimètres qui relient les oreilles moyennes à l'arrière de la gorge. L'ouverture de la bouche, combinée aux mouvements des os du visage et de ses muscles, provoque un appel d'air dans l'oreille moyenne et entraîne une petite hausse de pression dans la caisse du tympan, ce qui a pour résultat de freiner sa vibration et, donc, de freiner la transmission des ondes jusqu'à l'oreille interne.

Les phrases impossibles à répéter !

Cette taxe fixe excessive est fixée exprès à Aix par le fisc.

La pipe au papa du Pape Pie pue (Prévert).

Que lit Lili sous ces lilas-là ? Lili lit l'Iliade.

D'OÙ VIENT LA VOIX SEXY DE L'ACTRICE EMMA STONE ?

La vedette de **Lalaland** possède une voix somptueusement basse et rauque, due à des nodules aux cordes vocales qui se sont développés car elle pleurait et criait trop quand elle était bébé.

Petite crevette pleure seule au bord de l'eau.

Un poisson passe par là et lui demande :

« Petite crevette, que se passe-t-il ?

– J'attends ma maman et mon papa…

– Ah bon ? Et ils t'ont laissée ici toute seule ?

– Oui. Ils sont partis à un cocktail, mais ils ne reviennent pas ! »

JEUX

MOTS MÊLÉS

Personnages de bandes dessinées

Saurez-vous retrouver chacun des mots cachés dans ce tableau ?

Les mots peuvent être écrits horizontalement, verticalement, en diagonale ou à l'envers.

Mots à trouver :

1) ACHILLE	2) ADELE
3) AGRIPPINE	4) ASTERIX
5) GARGAMEL	6) GASTON
7) MAFALDA	8) MARSUPILAMI
9) OBELIX	10) PICSOU
11) PIF	12) PLACID
13) RAHAN	14) RANTANPLAN
15) SCHTROUMPF	16) SNOOPY
17) SPIROU	18) TARZAN
19) TINTIN	20) TITEUF

JEUX

Ç	I	F	J	Z	S	A	C	H	I	L	L	E	T	G	H	R	T	I	M
T	R	J	R	I	V	H	W	Y	K	U	E	Y	F	E	W	V	H	A	C
T	A	I	E	T	F	F	U	O	S	C	I	P	X	H	L	B	I	L	H
Y	N	W	O	I	L	T	J	R	Q	Z	K	G	Ç	G	Z	E	K	K	L
O	T	J	P	L	E	G	F	B	V	H	C	E	W	F	I	V	D	G	U
C	A	N	G	R	M	S	C	H	T	R	O	U	M	P	F	H	V	A	H
I	N	R	E	V	A	D	Ç	Q	C	W	Y	S	D	B	Z	J	E	P	R
K	P	F	Ç	J	G	M	A	R	S	U	P	I	L	A	M	I	N	M	V
X	L	L	Y	N	R	Y	E	J	F	G	O	B	E	L	I	X	R	Y	P
U	A	O	E	L	A	E	Z	Ç	A	G	R	I	P	P	I	N	E	H	J
F	N	I	Ç	U	G	X	A	C	P	I	P	A	N	F	C	A	Y	X	P
T	S	E	N	C	W	M	S	D	B	P	L	N	C	A	Z	A	Q	P	G
N	Ç	E	Y	A	T	N	A	S	L	L	H	Q	T	J	Z	F	M	A	N
A	U	A	G	U	O	F	B	O	U	A	B	P	A	I	N	R	S	J	F
H	L	Q	S	O	T	U	S	Z	Ç	C	F	G	I	I	T	T	A	H	E
A	O	B	P	T	O	J	T	B	K	I	V	A	T	N	O	E	Z	T	F
R	A	Y	W	R	E	S	Y	K	T	D	A	N	M	N	R	X	U	S	Y
T	H	K	I	C	D	R	F	B	T	Y	I	S	Q	X	U	C	X	F	U
Z	V	P	V	Q	H	N	I	L	D	T	P	V	Y	Ç	W	R	U	G	L
X	S	U	S	F	B	M	H	X	Ç	X	R	S	X	W	T	E	E	Y	L

Solution page 609

Les vitamines… Attention à la surconsommation !

La plupart des vitamines solubles dans l'eau (B et C) sont éliminées par les urines lorsque le corps en reçoit plus qu'il n'en a besoin. En revanche, celles qui ne sont solubles que dans le gras (A, D, E et K) restent stockées dans le tissu adipeux et dans le foie. Cela peut alors provoquer des hypervitaminoses, qui risquent de donner lieu à des vomissements, des troubles rénaux, des vertiges, des hémorragies ou même des lésions du foie… Si les fruits et les légumes restent vos alliés santé, attention donc aux suppléments et autres pilules vitaminées !

Quels pays ont le plus gros QI ?

Même si le QI est relatif, qu'il n'a de sens analytique qu'à l'intérieur d'une population donnée et d'une culture précise, les professeurs Lynn et Vanhanen ont décidé depuis 2002 de mesurer régulièrement le QI de plus de 80 pays. Les grands vainqueurs, avec les meilleurs résultats, sont les pays d'Asie. En 2019, la France, quant à elle, se classe à la 30e place, avec une moyenne de 98.

Une relation sexuelle,
c'est comme le bac.
D'abord l'oral et
après les cris !

QUIZ

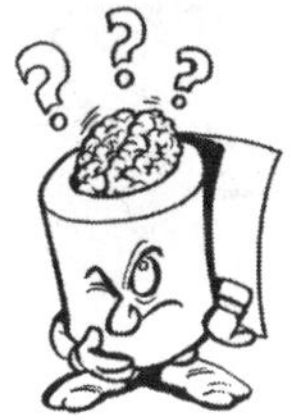

Quel est le plus petit mammifère au monde ?

a. Le colibri
b. La musaraigne étrusque
c. Le kitti thonglongya
d. La rainette
e. Le chihuahua

Solution : c. Cette chauve-souris est le plus petit mammifère au monde par la taille, ne mesurant que 2,9 à 3,3 cm pour un poids d'environ 2 g.

CES FOOTBALLEURS QUI FUMENT EN CACHETTE MALGRÉ LEUR MÉTIER !

- Ashley Cole – L'ancien défenseur anglais avait été pris la main dans le sac par les paparazzis.
- Carlo Ancelotti – Fumeur depuis plus de 30 ans, l'entraîneur italien a été aperçu en train de fumer sur le banc de touche à de nombreuses reprises avant que ce ne soit interdit.
- Diego Maradona – Aux cigarettes, le « Pibe de oro » préfère les havanes.
- Dimitar Berbatov – D'après l'attaquant bulgare, fumer le *« rend plus cool »*.
- Fabien Barthez – Sir Alex Ferguson avait déclaré au sujet du « Divin chauve » : *« Je sais que Fabien fume même s'il pense que je ne le sais pas. »*
- Gianluigi Buffon – L'emblématique gardien de la Juventus a été photographié en vacances, où il ne se refusait pas le plaisir du tabac.

- Jack Wilshere – L'actuel milieu de terrain de West Ham a lui aussi été photographié à plusieurs reprises en train de fumer.
- Johan Cruyff – Mort d'un cancer des poumons en 2016, la légende du football néerlandais aux trois Ballons d'or fumait environ 20 cigarettes par jour.
- Marco Verratti – Le milieu de terrain du PSG a été pris plus d'une fois en flagrant délit une cigarette à la main.
- Mario Balotelli – Les photos montrant l'attaquant italien en train de fumer sont nombreuses.
- Olivier Giroud – À l'époque où il était à Montpellier, le champion du monde préférait les cigares.
- Philippe Mexès – Le footballeur international à la retraite savait se faire plaisir et fumait quand il était en activité.
- Ronaldo – Malgré sa santé fragile, l'attaquant brésilien est toujours, lui aussi, un fumeur régulier.
- Zinedine Zidane – Avant la finale de la Coupe du monde 2006 contre l'Italie, Zizou s'en est grillé une pour libérer la pression, moment que les paparazzis ont su capturer...

Énigme mathématique

Pierre a 3 filles. L'aînée a 4 ans de plus que la deuxième. La cadette a 2 ans de plus que la benjamine. La plus jeune a la moitié de l'âge de l'aînée.

Quel est l'âge de chacune des 3 filles ?

Solution : L'aînée a 12 ans. La plus jeune en a la moitié, donc 6 ans. La cadette a 2 ans de plus, c'est-à-dire 8 ans.

Vu le débit
qu'il y a sur mon
compte en banque,
je pense qu'il est
passé à la fibre !

La cuvette est remplie de bouillon.

LA BUVETTE EST REMPLIE DE COUILLONS.

Moins de risques Covid-19 pour les Parkinson : ils frottent plus longtemps la savonnette.

26 mars 2020 :
C'est la CATA !!! Maintenant, les témoins de Jéhovah savent qu'on est chez nous !

CARRÉ MAGIQUE

DIFFICILE

Obtenez la somme de **268** sur toutes les lignes horizontales et verticales !

		8	13	34	31	24	45
9	12	51		41	44		30
	6	65	52	27	22	49	36
64		58	7	48	37		23
16	53		55		21	42	39
59	54	17		43		33	20
57	60		14	25	28	35	
2	15	56	61	18		40	

Solution page 604

SKI DE FOND

Le saviez-vous ?

Les noms des figures géométriques en fonction de leur nombre de côtés

3 côtés : triangle ou trigone

4 côtés : quadrilatère ou tétragone

5 côtés : pentagone

6 côtés : hexagone

7 côtés : heptagone

8 côtés : octogone

9 côtés : ennéagone ou nonagone

10 côtés : décagone

11 côtés : hendécagone

13 côtés : triskaidécagone ou tridécagone

14 côtés : tétrakaidécagone ou tétradécagone, quadridécagone

15 côtés : pentakaidécagone ou pentadécagone, quidécagone

Que c'est agréable de descendre les poubelles !

9 avril 2020 :
Après trois semaines de confinement, nous avons pris une grande résolution ! On inverse les places sur le canapé. À bas la routine !

QU'EST-CE QU'UN LAMPADAIRE ?

Solution : Une lampe avec une seule bosse...

POURQUOI N'Y A-T-IL PLUS DE MAMMOUTH ?

Solution : Parce qu'il n'y a plus de papmouth !

L'alcool ne mène à rien !
Ça tombe bien... on ne va
nulle part !!!

10 avril 2020 :
Je suis en train de prendre
des cours de droit vu le
nombre de divorces qui
s'annoncent.

LABYRINTHE

MOYEN

SUDOKU

	7	1	6		5			
				8			5	
	9		3			7		
		7		3			1	
	6			4			2	
	4			2		8		
		5			9		3	
	2			7				
			1		3	2	7	

Solution page 615

Charade

Mon **premier** est une

FÊTE CHRÉTIENNE

célébrée dans le monde entier,

Mon **deuxième** est une

DÉFORMATION DU PIED

survenant dès la naissance.

Mon **tout** est la raison pour laquelle
Leo Di Caprio est

MORT DE FROID.

Solution : Pâques-bot (Paquebot).

Dans un restaurant, un client dit :

« Garçon ! Mais que fait cette mouche dans ma soupe ?

– Heu… Je pense que c'est la brasse… mais je peux me tromper. »

BRADLEY COOPER VEUT JOUER AVEC ALAIN CHABAT

Les deux hommes sont très amis, et puisqu'il parle couramment le français, suite à un séjour universitaire à Aix-en-Provence, **Bradley Cooper** a déclaré qu'il adorerait lui donner la réplique en français ! Il devait d'ailleurs jouer dans *Le Marsupilami*, mais cela ne s'est pas fait. Que les fans se rassurent, toujours d'après lui, les deux hommes envisagent de tourner une comédie ensemble !

« Je me suis coupé l'oreille en me rasant…

– Ah… comme Van Gogh ?

– Non. Comme un con. »

QUI EST L'INTRUS ?

HANOÏ

MONACO

MONZA

LONDRES

SHANGAI

ZANDVOORT

SAKHIR

BARCELONE

BAKOU

SINGAPOUR

SOTCHI

SUZUKA

Solution : Toutes ces villes hormis Londres ont un grand prix de Formule 1.

QUEL EST LE PAYS
LE PLUS COOL
DU MONDE ?

Solution : Le Yééémen.

COMMENT S'APPELLE
LE JOURNAL PUBLIÉ
CHAQUE SEMAINE
AU SAHARA ?

Solution : L'hebdromadaire.

« Merci pour
la soirée d'hier !
– Mais… on n'était pas
ensemble !?
– Ben, justement… »

Les Allemands, enfin sortis de la Première Guerre mondiale !

Économiquement en tout cas, puisqu'elle n'a pris fin que le 3 octobre 2010, date à laquelle l'Allemagne a terminé de payer la dette contractée à l'époque pour « réparations de guerre », soit 92 ans après la fin du conflit !

Humour

Sonia saisit son portable et appelle vite son mari Anthony :
« Mon chéri !!! Je viens de me faire braquer !!! Le voleur m'a dit : "Tu couches ou tu me donnes ton portable !" Je te téléphone pour te dire que je vais bien... »

L'écho le plus long du monde

Ce record a été mesuré en 2014 à Invergordon en Écosse. Un ingénieur-acousticien a tiré un coup de feu à l'intérieur d'une galerie souterraine d'une longueur de **237 mètres**, creusée en 1939. L'écho enregistré a duré **112 secondes** !

Le saviez-vous ?

Faire du sport donne chaud et fait transpirer... mais pourquoi ?

Avec une température au repos de 37 °C, le corps humain produit 100 watts d'énergie. Durant une activité physique intense, il peut produire jusqu'à 1 000 watts et sa température peut monter aux alentours de 39 ou 40 °C ! Notre organisme cherche alors à se refroidir afin de retrouver une température normale et pour se faire, il se met à transpirer. En parallèle, les vaisseaux sanguins de la peau se dilatent, ce qui explique pourquoi nous devenons tout rouge pendant l'effort. Quand la sueur est produite, elle enlève de la chaleur au corps, ce qui lui permet de se sentir mieux. En réalité, on sue plus souvent qu'on ne le pense, pas uniquement pendant des exercices physiques… La sueur se retrouve davantage sous forme de vapeur que l'on ne remarque pas, ce qui permet d'ajuster notre température corporelle au cours de la journée, ni vu ni connu !

QUIZ

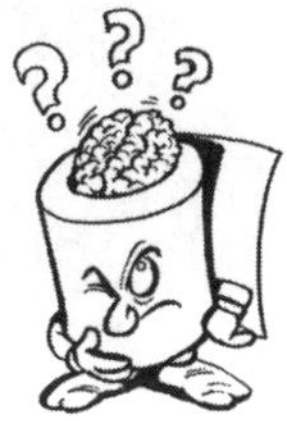

Quelle société de e-commerce réalise le plus gros chiffre d'affaires ?

a. Apple Inc
b. Amazon
c. Alibaba
d. Ebay
e. Macy's
f. Wal-Mart Stores

Solution : b.

LES PERLES DU CONFINEMENT

Ils vont être bien les futurs testaments lus par les notaires : « 114 rouleaux de PQ, 27 kilos de coquillettes, 18 boîtes de cassoulet... »

27 mars 2020 :
Si vous n'avez pas trop le moral, dites-vous que quelque part sur cette terre, quelqu'un est confiné avec votre ex !

COMMENT FONT LES GRANDS SPORTIFS ???

Vous savez, quand
cette envie vous prend de
bouffer quelque chose juste
parce qu'elle se trouve
devant vous ?
Quoi qu'il en soit,
j'ai perdu mon job de
gynéco aujourd'hui !

Le cannabis détruit les neurones : vrai ou faux ?

C'est totalement vrai et surtout chez les jeunes. Des chercheurs ont fait passer des tests neuropsychologiques à plus de mille Néo-Zélandais âgés de 13 à 38 ans : les fumeurs réguliers qui sont dépendants depuis des années perdent en moyenne 8 points de QI entre l'adolescence et l'âge adulte. Ceux qui n'en ont jamais fumé, eux, en gagnent légèrement. En cause, le THC du cannabis qui se substitue à certains neurotransmetteurs, ce qui perturbe le développement des connexions neuronales, au point de diminuer les facultés intellectuelles des consommateurs.

JEUX

MOTS CROISÉS

Horizontalement

1. Point éclairés
2. Hésitera
3. T'alarmas - Avant d'être approuvé
4. Saison - Prénom
5. Bouquinaient
6. Arbre à fruits rouges - Colle
7. Pascal
8. Langue

Verticalement

I. Identifié
II. Illuminatif
III. Digues - Neptunium
IV. Institut national de l'audiovisuel - Argent
V. Commune française des Hautes-Pyrénées - Pronom personnel
VI. Note - Petite quantité
VII. Commune française de l'Aisne - Polonium
VIII. Commune française du Vaucluse - Aluminium

JEUX

	I	II	III	IV	V	VI	VII	VIII
1								
2								
3		■	■		■	■		■
4								
5					■			
6								
7		■		■				■
8							■	

Solution page 618

Je crains le jour où mes enfants vont capter que je n'ai pas vraiment de stratégie après avoir compté jusqu'à 3...

11 avril 2020 :
À force de rester avec mon mari, on est devenus tellement complices que j'ai failli lui parler de mon amant.

L'adocrastination : L'art de remettre au lendemain ce que ta mère fera finalement à ta place.

NUL N'EST PROPHÈTE EN SON PAYS...

Et ce n'est pas Charles de Gaulle qui dira le contraire, puisque lors de ses vœux télévisés du 31 décembre 1967, il déclara : *« C'est vraiment avec confiance que j'envisage, pour les douze prochains mois, l'existence de notre pays. »* Quatre mois plus tard commenceront les contestations de Mai 68... Oups !

Énigme démoniaque

Trouvez le mot mystère

Si certains m'ont au pied,
D'autres en font ma tête,
Pourtant je suis têtue
Et stérile…

Qui suis-je ?

Solution : La mule. C'est une chaussure légère pour l'intérieur. Faire sa tête de mule. Être têtu comme une mule. La mule est un animal stérile issu d'une jument et d'un âne.

JEUX

MOTS MÊLÉS

Plantes et fleurs toxiques

Saurez-vous retrouver chacun des mots cachés dans ce tableau ?

Les mots peuvent être écrits horizontalement, verticalement, en diagonale ou à l'envers.

Mots à trouver :

1) ANCOLIE
2) BELLADONE
3) BRYONE
4) CALADIUM
5) CLEMATITES
6) COLCHIQUE
7) CYCLAMEN
8) DATURA
9) DIEFFENBACHIA
10) GUI
11) HOUX
12) LIERRE
13) LUPIN
14) MUFLIER
15) MUGUET
16) NIVEOLE
17) PHILODENDRON
18) POINSETTIA
19) RHODODENDRON
20) RICINE

JEUX

K	Y	N	A	O	M	Q	E	U	G	E	Y	O	D	C	L	O	B	K	D
Z	H	O	N	E	M	A	L	C	Y	C	N	N	U	A	Z	X	K	S	A
X	Q	R	T	E	U	G	U	M	Y	U	C	O	Y	V	T	X	C	T	W
B	F	D	L	I	E	R	R	E	G	Z	O	C	Y	S	E	U	L	Z	U
E	P	N	U	X	Ç	G	L	S	Ç	M	L	H	O	R	P	O	R	B	L
L	O	E	B	O	A	P	G	G	R	Z	C	B	S	B	B	H	Z	A	Z
L	X	D	D	C	R	D	G	G	A	E	H	I	S	W	T	O	O	J	R
A	P	O	M	Ç	P	I	X	Y	L	Y	I	C	L	N	M	X	U	A	O
D	D	D	O	E	O	H	C	A	K	I	Q	L	A	N	I	R	N	Q	G
O	F	O	Z	H	L	W	O	I	I	U	U	Q	F	L	B	J	F	R	Ç
N	Q	H	X	U	I	O	J	Q	N	T	E	G	E	U	A	K	Z	A	Z
E	X	R	L	N	K	J	E	Z	D	E	T	F	U	R	M	D	R	Q	W
A	Z	M	V	A	H	I	E	V	Z	K	E	E	A	V	C	N	I	I	X
U	Y	L	X	R	C	U	V	F	I	D	K	L	S	F	E	S	W	U	E
K	H	C	J	B	C	K	N	W	V	N	I	X	I	N	A	M	V	I	M
S	I	H	N	O	R	D	N	E	D	O	L	I	H	P	I	A	L	O	Y
S	Ç	P	D	I	E	F	F	E	N	B	A	C	H	I	A	O	D	C	R
U	P	L	U	P	I	N	X	A	F	N	K	Q	X	S	C	B	P	Ç	S
R	G	J	K	A	G	X	P	K	G	D	A	M	V	N	A	G	S	C	N
C	L	E	M	A	T	I	T	E	S	T	O	G	A	M	O	M	A	Q	D

Solution page 610

La botaniste admire ce plant qui vient de la Guinée.

LA BOTANISTE ADMIRE CE GLAND QUI VIENT DE LA PINER.

« Docteur !!!
Yann, mon mari,
vient de se sectionner
le pénis !!!
SAUVEZ-LE !!! »
Donc, il faut sauver le
seul dard à Yann ?

LABYRINTHE

FACILE

SUDOKU

				4	2	3		6
						7	8	
			7				4	2
		5		3				1
6			8		5			7
4				2		9		
5	2				8			
	6	7						
9		1	2	6				

Solution page 615

Des zizis de plus en plus petits !

C'est, en tout cas, ce que constate une étude italienne sur la taille des pénis. Cette dernière ne cesserait de diminuer depuis quelques années, d'une dizaine de pourcentages environ. Deux phénomènes seraient en cause : les pesticides qui perturbent le système endocrinien masculin qui produit la testostérone d'une part, et la sédentarisation croissante de l'homme qui favorise l'obésité d'autre part. Cette maladie diminue la production d'hormones de croissance durant l'adolescence.

AUTREFOIS, JOHNNY DEPP ÉTAIT... TÉLÉVENDEUR !

Avant qu'il ne devienne la star mondiale que l'on connaît aujourd'hui, **Johnny Depp** téléphonait à des étrangers pour leur expliquer qu'en échange d'achats de stylos, ils pouvaient gagner une horloge ou un voyage à Tahiti… Mais l'arnaque pesait sur sa conscience, comme il en a témoigné lors d'une interview : « *Une fois, j'ai vendu des stylos à un gars et puis, il m'a posé des questions à propos du voyage à Tahiti et j'étais criblé de culpabilité, alors je lui ai dit "hey, mec, tu ne veux pas ces stylos, c'est une arnaque, tu ne vas pas aller à Tahiti. Je suis désolé."* »

« Tu savais, toi,
que Joe Dassin l'était
pas Français ?
– Ah bon ?
– L'Été indien… »

Le saviez-vous ?

La mort de Cléopâtre est toujours un mystère

Si l'image d'un reptile mordant la reine d'Égypte au sein est une pure invention de William Shakespeare, d'après Plutarque, la maîtresse de César puis de Marc Antoine se serait suicidée : elle aurait demandé à ce que l'on fasse porter dans sa chambre des serpents dans un panier de figues. Là, elle se serait laissée mordre au bras par des aspics, sans doute des cobras égyptiens ou des vipères à cornes, dont le venin est extrêmement puissant ! Le suicide de la reine est donc la thèse la plus ancienne... Mais aujourd'hui, cette théorie est remise en question par des chercheurs qui pensent qu'il n'y aurait jamais eu de serpents dans le palais et que les traces sur ses bras proviendraient de l'inoculation d'un poison à l'aide d'une épingle ou d'un peigne. Après tout, Cléopâtre était connue pour être une experte en poisons ! Elle testait même ses mélanges sur des condamnés à mort... Pourtant, une thèse totalement différente vient semer le trouble : la souveraine ne se serait pas suicidée, mais aurait été tuée par Octave à l'aide de cette technique empoisonnée.

Alors, suicide par morsure, suicide par auto-administration de poison ou bien meurtre ? Impossible de le savoir précisément puisque son lieu de sépulture est toujours inconnu des scientifiques, rendant toute autopsie irréalisable.

QUEL EST L'AMI DU FEU ?

Solution : Le pot-au-feu.

QUEL SUPER-HÉROS DONNE LE PLUS VITE L'HEURE ?

Solution : Speed heure man.

Charade

Mon **premier** est **PAREIL**,

Mon **deuxième** est une longue période de **TEMPS**,

Mon **troisième** mesure une **PÉRIODE DE TEMPS** plus ou moins longue.

Mon **tout** est un **BAVARDAGE DE RAGOTS.**

Solution : Comme-ère-âge (Commérages).

Je viens de congeler du PQ.
On ne sait jamais...

28 mars 2020 :
Contre le Coronavirus,
je mange du maroilles et
2 gousses d'ail par jour.
Aucun effet sur le virus,
mais les gens restent
à 2 mètres si je sors.

CES COUPS DE FOUDRE ENTRE STARS ET FANS !

- **Jason Momoa** était fan de **Lisa Bonet**. La star de *Game of Thrones* et de *Aquaman* a déclaré avoir eu un coup de foudre pour celle qui allait devenir son épouse en la découvrant dans la série du *Cosby Show*. Grâce à un ami, il la rencontre dans un club de jazz en 2005 et décide de l'inviter à boire un verre… Ils tombent amoureux, se marient, ont deux enfants et s'affichent aujourd'hui comme un couple très soudé.
- L'actrice **Gwyneth Paltrow** et le chanteur **Chris Martin** ont longtemps formé un couple emblématique d'Hollywood. Leur rencontre en 2002 a été possible car la jeune femme était fan du groupe Coldplay. Dans les coulisses d'un concert, elle y rencontre le chanteur pour qui elle a eu un coup de foudre immédiat. Un an plus tard, ils se marient en secret et accueillent leur premier enfant, Apple. Leur second enfant, Moses, viendra au monde deux ans plus tard. C'est en 2014 que le couple annonce sa séparation et que Gwyneth Paltrow retourne vivre à Los Angeles.
- Le **prince Harry** était un fan de **Meghan Markle** ! Avant même leur rencontre, le prince avait déjà un faible pour la demoiselle puisqu'il aurait confié à un ami que l'actrice de la série *Suits* était la femme idéale. Grâce à l'intermédiaire de Violet von Westenholz, une amie d'enfance, il accepte un rendez-vous à l'aveugle avec Meghan Markle en 2016. Le coup de foudre est immédiat et réciproque, si bien qu'ils partent aussitôt en vacances ensemble. S'ensuivront une période de fiançailles, un mariage en 2018 et la naissance de leur premier enfant en 2019 !

- Toujours dans la royauté… **Kate Middleton** était fan du **prince William**. C'est en tout cas ce que la légende raconte ! Selon la rumeur, elle aurait été une admiratrice du prince depuis son adolescence et aurait même fait le choix, avec sa mère, d'étudier à St Andrews pour pouvoir le côtoyer. S'ils sont d'abord devenus amis, c'est lors d'une soirée à l'université que le prince William est tombé sous le charme de la jeune femme.
- L'actrice et influenceuse **Angela Jones** était fan de **Harry Potter** et de **Matthew Lewis**. L'acteur qui a incarné le dodu et maladroit Neville Londubat dans la saga a bien changé ! C'est en 2016 à Orlando, au parc d'attractions « Wizarding World of Harry Potter » qu'a lieu la rencontre. Un coup de cœur ! Quelques mois plus tard, ils se fiancent à Paris. À la suite de leur mariage, les deux tourtereaux se sont installés… à Orlando.
- **Katie Holmes** était fan de **Tom Cruise**. Leur couple a été une surprise du début à la fin. D'après des ex-membres de la scientologie dont Tom Cruise fait partie, l'acteur qui vient tout juste de sortir de son histoire avec Penelope Cruz a fait passer un casting à des actrices américaines pour trouver l'âme sœur… et c'est Katie Holmes qui aurait été l'heureuse élue. Cette dernière était une grande admiratrice de Tom Cruise et rêvait de le rencontrer. Finalement, après des années de bonheur affiché dans la presse, elle demandera le divorce en 2012 et obtient la garde exclusive de leur fille, Suri.

Le moustique, un tueur qui s'adapte !

Parmi les 3 540 espèces répertoriées, 780 sont devenues résistantes aux insecticides. Cela représente 21 % de la population des anophèles de notre planète ! Quand on sait qu'ils contaminent chaque année 500 millions de personnes, le chiffre fait peur. Dans les zones où le paludisme fait rage, notamment en Inde et en Afrique subsaharienne, les concentrations en insecticides doivent être mille fois supérieures aux doses standard des autres continents pour pouvoir les tuer !

QUI EST L'INTRUS ?

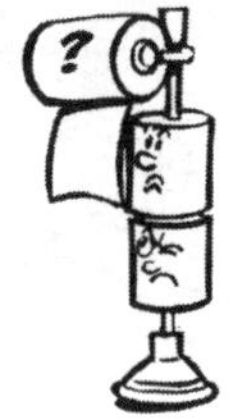

MICKEY

CENDRILLON

BLANCHE-NEIGE

POPEYE

PETER PAN

MOWGLI

DONALD

DUMBO

BAMBI

ALICE

MERLIN

PINOCCHIO

Solution : Tous ces personnages de dessins animés font partie de l'univers Disney, sauf Popeye.

D'OÙ VIENT LE NOM DE BRUNO MARS ?

Quand il était petit, le père de l'artiste le surnommait « **Bruno** » à cause de sa ressemblance avec le catcheur **Bruno Sammartino**, il a donc choisi ce prénom en hommage à son papa. Plus jeune, il se sentait en décalage, un peu différent des autres. Les filles lui disaient même qu'il semblait venir d'une autre planète… alors il a choisi « **Mars** » en référence à la planète rouge.

Qui paie les avocats des terroristes ?

Comme pour tout justiciable sans aucun moyen financier, c'est l'aide juridictionnelle fournie par l'État qui assure le salaire de l'avocat. Ce dernier est choisi sur une liste qui rassemble tous les avocats en fonction. C'est ce que l'on appelle communément un avocat commis d'office. Peu importe son ancienneté, il sera rémunéré au forfait, selon un tarif unique établi et fixé par arrêté ministériel. Ce forfait est le même, que la procédure dure plusieurs semaines ou plusieurs années. Lorsqu'il arrive que ce soit un avocat de renom qui assure la défense, celui-ci est payé comme tout commis d'office. Cette quasi-gratuité lui permet de profiter d'une couverture médiatique qui assure sa publicité.

Humour

Les meilleures citations de l'humour anglo-saxon sur LA MÉDECINE ET LA SANTÉ !

« Les médecins sont tous des assassins. Pourquoi croyez-vous qu'ils portent des gants ? Pour des raisons sanitaires ? Non, pour les empreintes digitales. »
Jackie Mason

« Alors qu'elle était allongée à côté de moi, une petite voix me disait : "Tu n'es pas le premier docteur qui couche avec une de ses patientes." Mais une autre voix me répétait : "Howard, tu es vétérinaire !" »
Dick Wilson

« Cette opération a été une réussite totale, mais le patient est mort d'autre chose. »
John Chiene

« J'ai une très mauvaise vue. Quand je vais chez l'ophtalmo, le docteur montre les lettres en les énonçant à haute voix, et ensuite il me demande : "Vrai ou faux ?" »
Woody Allen

« Je n'ai pas besoin de faire une opération de chirurgie esthétique, j'ai besoin d'aller à Lourdes. »
Paul O'Grady

Humour

« Quand j'ai dit à mon psychiatre que j'avais l'impression d'être un chien, il m'a dit de descendre tout de suite de son canapé. »
Rodney Dangerfield

« Je viens d'apprendre que le Prozac n'est plus l'anti-dépresseur le plus vendu au monde. Franchement, ça me mine. »
Mitch Hedberg

« Mon psychiatre m'a dit que j'étais paranoïaque, mais je vais aller en voir un autre parce que j'ai l'impression qu'il ne m'aime pas. »
Tom Wilson

« Est-il meilleur d'aimer ou d'être aimé ? Ni l'un ni l'autre si notre taux de cholestérol excède 5,35. »
Woody Allen

« Mon médecin m'a dit : "Ce ne sont pas des reins que vous avez, mais des rognons sauce madère." »
W. C. Fields

« Tout le monde pense que je suis hypocondriaque. Ça me rend malade. »
Félix Ungar

« J'ai dit à mon médecin que tous les matins, lorsque je me regarde dans la glace, j'ai envie de vomir. Et il m'a répondu que ma vue était parfaite. »
Rodney Dangerfield

Humour

« À Hollywood, si vous n'allez pas voir un psychiatre, tout le monde croit que vous êtes fou. »
Bob Hope

« Le médecin m'a dit que ma maladie était tellement rare qu'il n'était pas sûr d'en prononcer le nom correctement. »
Moray Armstrong

« J'ai expliqué à mon médecin que je m'étais cassé la jambe à deux endroits. Il m'a interdit d'y retourner. »
Henny Youngman

« Mon médecin m'avait donné six mois à vivre, mais comme je ne pouvais pas le payer, il m'a donné six mois de plus. »
Walter Matthau

« Il y a effectivement un truc avec l'acupuncture : c'est vrai qu'on ne voit jamais de porc-épic malade. »
Bob Godard

« Je ne vais plus chez mon psy parce qu'il disait des choses sur moi dans mon dos. »
Richard Lewis

« Mon médecin m'a dit qu'il me restait deux semaines à vivre. J'espère que ce sera en août. »
Ronnie Shakes

Humour

« Un psychiatre, c'est quelqu'un que vous payez très cher et qui vous pose des questions que votre femme vous pose sans vous faire payer. »
Sam Bardell

« L'avantage quand on fait une attaque cardiaque, c'est que le premier symptôme est assez facile à diagnostiquer : on meurt immédiatement. »
Michael Phelps

« Mon médecin m'a dit que j'étais atteinte de schizophrénie paranoïaque ; en fait, il n'a pas vraiment dit ça, mais je sais très bien ce qu'il pensait. »
Lily Savage

« Je viens de recevoir la facture de mon opération et je commence à comprendre pourquoi les médecins portent tous des masques. »
Jim Boren

« Le lendemain de mon attaque cardiaque, le médecin m'a dit : "Bientôt vous pourrez à nouveau faire l'amour." Et je lui ai répondu : "Ça fait des années qu'on me dit ça." »
David Letterman

« Vous savez que vous êtes laid si vous allez chez le proctologue et qu'il met son doigt dans votre bouche. »
Rodney Dangerfield

« Je refuse de passer plusieurs mois à subir les questions humiliantes d'un psychanalyste pour qu'il finisse par me dire qu'à l'âge de 4 ans, j'étais amoureux de mon cheval de bois. »
Noël Coward

Humour

« Toute personne qui va voir un psychiatre devrait sérieusement songer à consulter quelqu'un. »
Samuel Goldwyn

« Je n'envisage pas une seconde la chirurgie esthétique, mais je vais quand même éteindre la lumière. »
Phyllis Diller

« J'ai dit à mon psy que tout le monde me haïssait. Il a dit que j'étais ridicule : tout le monde n'a pas encore fait ma connaissance. »
Rodney Dangerfield

« Pour avoir l'air mince, ne sortez qu'avec des obèses. »
Rodney Dangerfield

« Les préservatifs ne sont pas sûrs à 100 %. L'autre jour, un de mes amis qui en portait un a été renversé par un bus. »
Bob Rubin

« Si un urologue vous propose un verre, n'acceptez surtout pas ! »
Erma Bombeck

« Je ne sens plus son pouls. Soit il est mort, soit c'est ma montre qui s'est arrêtée. »
Groucho Marx

Gérard est à la fête foraine, mais complètement bourré. Il veut quand même tirer au stand pour essayer de gagner quelque chose… et réussit à mettre dans le mille !
Il gagne une tortue.
Il revient un quart d'heure plus tard et gagne encore !
Cette fois-ci, on lui donne une peluche, mais il demande :
« Vous n'auriez pas un sandwich comme tout à l'heure ? »

Pourquoi n'y a-t-il jamais de collisions en plein vol chez les oiseaux ?

Lorsqu'on les observe voler en nuées, créer des ballets aériens composés de plusieurs dizaines, voire de centaine d'individus, on peut se poser la question ! Cela pourrait très bien arriver... s'ils n'avaient pas un temps de réaction fulgurant. En effet, les oiseaux peuvent changer de direction pour éviter l'un de leurs congénères en une fraction de seconde. Dans les fameuses nuées, chacun garde un œil sur son voisin pour éviter tout carambolage lors des changements de direction. Durant cette manœuvre, même s'il existe un imperceptible décalage entre chaque oiseau, puisque les uns imitent les autres, leurs réactions sont tellement rapides qu'ils ne se rentrent jamais dedans !

Les phrases impossibles à répéter !

C'est là que les
Athéniens s'atteignirent,
que les Perses se percèrent,
que les Satrapes s'attrapèrent,
et que les Mèdes s'emmerdèrent…

Qu'a ouï l'ouïe de l'oie de Louis ?
Elle a ouï ce que toute oie oit…
(Raymond Devos)

LABYRINTHE

DIFFICILE

SUDOKU

			7	8	1			
	5				4	9	1	
	1	3				6		
9	7			4				3
8			1		3			9
1				9			6	4
		7				4	3	
	9	6	4				2	
			3	7	2			

Solution page 615

L'intuition féminine existe-t-elle vraiment ?

Deux théories s'affrontent sur la question. La première considère que la gent féminine a une tendance plus naturelle à écouter ce qu'elle ressent et à s'y fier, grâce à son émotivité et à ses capacités empathiques développées. Les éthnologues expliquent aussi que les femmes auraient plus de facilité à décoder les comportements, car il leur faut prévenir les besoins de leurs bébés avant qu'ils ne sachent les communiquer. La seconde théorie explique que ce n'est qu'une idée reçue, démontrant que les hommes se sont enfermés dans un carcan sociétal de fausse virilité, valorisant uniquement le rationnel. Le psychologue anglais Richard Wiseman aurait d'ailleurs mené une étude sur le sujet en proposant à des volontaires de déduire à partir de photos, si les sourires d'individus étaient authentiques ou non. Le résultat est sans appel : 71 % de réussite chez les femmes et 72 % chez les hommes ! D'après les spécialistes, ces messieurs pourraient donc, eux aussi, développer leur intuition… si les stéréotypes de genre ne les contraignaient pas à masquer leurs émotions et à museler leur ressenti.

QUIZ

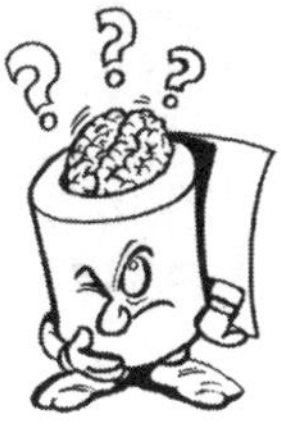

Quel pays a la piscine la plus profonde au monde en 2020 ?

a. Angleterre
b. France
c. Afrique du Sud
d. États-Unis
e. Pologne
f. Italie

Solution : e. Ce bassin aux dimensions hors norme (45 m de profondeur pour 8 000 m³ de volume d'eau) se situe à Mszczonów, au sud de Varsovie. Un record qui devrait être prochainement battu par la piscine de Colchester (profonde de 50 m) en cours de construction.

C'est bien la première fois que mes mains sont plus alcoolisées que moi !

29 mars 2020 :

– Allo ? T'es où ?

– Dans la cuisine. Et toi ?

– Dans ma chambre. Ça te dit qu'on se voit dans une demi-heure pour un verre ?

– Ok. Je t'appelle quand je suis dans le couloir.

VOS PAPIERS S.V.P...

JEUX

MOTS CROISÉS

Horizontalement

1. Expérimentateurs
2. Qui ne peut être différée
3. Agriculture biologique - Gallium
4. Flinguaient
5. Commune française de l'Aude - Véhicule
6. Enzyme catalysant l'hydrolyse
7. Argon
8. Prénom féminin

Verticalement

I. Exécutable
II. Terre destinée aux pâturages
III. Seaborgium - Wahuma
IV. Qui adhère fortement
V. Pronom adverbial - Rayon
VI. Note - Espacement
VII. Dirigeas
VIII. Foyer

JEUX

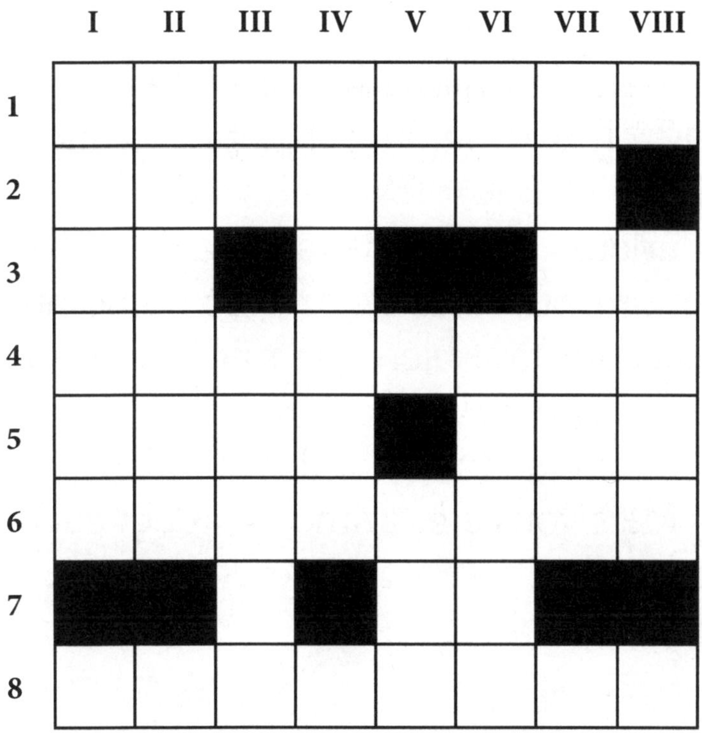

Solution page 618

Un mari arrive à l'improviste chez lui. Il trouve sa femme, haletante, nue sur le lit.

Furieux, il fonce vers la salle de bains et se trouve nez à nez avec un homme, cachant tant bien que mal ses attributs avec une serviette.

Le mari se met à hurler :

« Mais vous êtes immonde, dégueulasse individu !!! C'est la serviette pour les mains !!! »

Lors d'une discussion sur le divorce, Napoléon, qui présidait le Conseil d'État, pose la question suivante au jurisconsulte Merlin :

« Comment donc pourra-t-on contraindre une femme qui a abandonné le domicile conjugal à le réintégrer ?

– On la sommera d'abord. »

Sauf que l'Empereur comprit : « On l'assommera d'abord » !

« Voyons ! répondit-il, ne plaisantons pas ici !

– Je ne plaisante en aucune manière, sire.

– Quand on l'aura assommée, cette femme, on sera bien avancé !

– Je ne parle pas d'assommer, sire, mais de sommer, simplement. Je voudrais d'abord qu'on sommât cette femme de réintégrer le domicile conjugal. »

JEUX

MOTS MÊLÉS

Polices

Saurez-vous retrouver chacun des mots cachés dans ce tableau ?

Les mots peuvent être écrits horizontalement, verticalement, en diagonale ou à l'envers.

Mots à trouver :

1) BASKERVILLE
2) BENGUIAT
3) BODONI
4) BOOKMAN
5) CASLON
6) CENTURY
7) DIDOT
8) FRUTIGER
9) FUTURA
10) GARAMOND
11) GOUDY
12) HELVETICA
13) JANSON
14) LUCIDA
15) OPTIMA
16) PALATINO
17) ROCKWELL
18) TIMES
19) UNIVERS
20) WALBAUM

JEUX

I	Ç	Y	K	Q	R	H	P	G	C	Z	R	E	G	I	T	U	R	F	H
N	C	Y	R	M	U	A	B	L	A	W	B	X	T	B	D	L	Y	X	Z
U	B	O	F	U	T	U	R	A	D	R	D	Z	A	O	C	I	M	I	G
U	O	J	F	R	T	Q	L	O	I	X	E	O	I	L	Ç	P	D	A	N
A	O	W	U	E	U	N	L	C	M	L	L	M	U	F	P	G	B	O	K
Y	K	R	N	P	F	S	E	M	I	T	Z	L	G	K	N	H	A	Ç	T
S	M	M	I	Z	K	Ç	W	C	G	J	C	E	N	W	O	Z	S	P	U
T	A	E	V	S	T	X	K	I	C	D	F	K	E	P	S	H	K	I	E
J	N	K	E	Z	H	Z	C	Y	Q	K	T	O	B	A	N	F	E	G	J
Q	V	V	R	X	O	C	O	L	U	Z	S	P	N	G	A	J	R	U	R
C	M	U	S	S	I	Z	R	B	C	O	N	I	N	I	J	U	V	L	S
V	Z	I	Z	K	T	Q	B	O	G	C	V	Y	V	L	T	Ç	I	M	V
K	F	V	K	H	N	E	Y	D	U	O	G	Z	I	Ç	E	A	L	D	P
Q	J	L	G	A	R	A	M	O	N	D	C	K	J	Ç	L	U	L	B	W
D	X	R	A	Q	L	O	C	N	N	O	L	S	A	C	U	Ç	E	A	R
B	A	P	O	N	J	S	X	I	B	V	I	X	P	M	C	Z	E	J	P
A	J	A	A	N	G	L	F	E	O	Q	R	T	K	X	I	S	A	Ç	Z
X	O	T	N	A	C	I	T	E	V	L	E	H	U	W	D	T	F	T	T
K	A	C	A	C	W	G	K	L	S	Z	H	E	Q	Q	A	H	P	X	W
J	Ç	H	V	O	C	K	F	Y	I	W	E	U	G	H	D	X	N	O	K

Solution page 610

Énigme animale

Associez ces animaux
au nombre de leurs pattes :
Crabe, criquet, araignée, souris.

**4 pattes, 6 pattes,
8 pattes, 10 pattes.**

Solution : Crabe : 10 pattes ; criquet : 6 pattes ; araignée : 8 pattes ; souris : 4 pattes.

Pendant l'été, le jeune Arnaud s'est fait embaucher au Super U du coin pour se faire de l'argent de poche. Au début de sa première journée, le directeur du magasin l'accueille avec une franche poignée de main et un sourire, puis lui donne un balai en lui disant :
« Tu vas commencer par balayer toute l'entrée. »
Arnaud, indigné :
« Mais monsieur… j'ai quand même obtenu une licence à l'université !
– Oh, pardon ! Je n'étais pas au courant ! Alors, donne-moi le balai, je vais te montrer. »

Admirez donc l'écaille de ces moules.

ADMIREZ DONC LES COUILLES DE CES MÂLES.

La Suède, championne de recyclage !

Chaque année, le pays se retrouve à court de déchets et se voit obligé d'aller en chercher chez sa voisine, la Norvège, afin de continuer à faire fonctionner ses programmes énergétiques.

Humour

Gérard a 49 ans et est donc à l'approche de la cinquantaine, ce qui le met dans un certain sentiment d'angoisse. Il décide de se faire faire un lifting du visage chez un chirurgien.
Il passe sa journée à la clinique et ressort très satisfait du résultat.
S'arrêtant pour acheter un magazine au kiosque à journaux, il demande au vendeur :
« Ne le prenez pas mal, monsieur, mais je voudrais vous demander quel âge vous me donnez ?
– Heu… à peu près 30 ans.
– J'ai 49 ans !
– Incroyable ! Je n'aurais jamais cru… »
Gérard est ravi. Il continue son chemin et s'arrête manger un bout au Burger King du coin.
Il pose la même question à la caissière qui lui répond :
« Vous devez avoir 28 ans. »
Gérard est fou de joie. L'opération a marché à merveille !
Il se décide à prendre le bus pour rentrer chez lui.
À côté de lui, s'installe une vieille dame.
Du coup, Gérard lui pose la question :
« Pardon, madame, quel âge me donnez-vous, s'il vous plaît ?
– Heu… Écoutez, jeune homme. J'ai 86 ans et je vois assez mal. Par contre, lorsque j'étais jeune, j'avais une méthode infaillible pour deviner l'âge des hommes : je glissais ma main dans leur slip et je devinais tout le temps leur véritable âge. »
Gérard hésite, puis se dit que, de toute façon, ils sont seuls à l'arrière du bus. Alors, pourquoi pas :
« Ok. On verra bien ! »
La vieille dame glisse sa main dans son slip, palpe un bon moment et lui dit :
« Vous avez 49 ans.
– Mais c'est incroyable ! Comment faites-vous ???
– Oh, c'est simple. J'étais derrière vous au Burger King ! »

Sabine a piloté
toute la nuit.

SA BITE A PILONNÉ
TOUTE LA NUIT.

« Et quand s'est-on rendu compte que tu étais surdoué ?

– Juste après ma naissance… On m'avait mis dans une couveuse, lorsque celle-ci est tombée en panne !

– Et alors ?

– C'est moi qui l'ai réparée ! »

Charade

Mon **premier** est une grande

ÉQUIPE ITALIENNE,

Mon **deuxième** compose la

TEMPÊTE,

Mon **troisième** revient

À DIRE OUI,

Mon **quatrième** est un

PRONOM personnel indéfini.

Mon **tout** existe en police comme en

CHIRURGIE.

Solution : Inter-vent-si-on (Intervention).

BIGFLO & OLI, FANS DE...

On est loin du cliché du rap avec ces deux jeunes hommes toulousains âgés respectivement de 25 et 21 ans. Dans l'une de leurs chansons, **Olivio** rappe : « *Fan de Claude Nougaro, je bouge la tête sur du Booba.* » Ils balayent ainsi les préjugés sur la jeunesse et le rap. **Florian (Bigflo)** a déclaré dans une interview que « *ça montre un peu le paradoxe de notre culture* » et son frère a ajouté : « *C'est une façon de dire qu'un rappeur, ce n'est pas forcément un mec qui n'écoute que du rap, qui est fermé. (...) Dans les iPod des gens de notre âge, on trouve de tout.* »

Deux garçons jouent au football à la plage du Prado à Marseille lorsque l'un d'eux se fait attaquer par un pitbull. Son ami a le réflexe d'arracher une planche de la clôture toute proche et de l'abattre sur le chien, lui brisant la nuque.
Un journaliste de *La Provence* passe par là et se précipite pour interviewer le jeune homme. Il commence par noter : *« Un jeune supporter de l'OM sauve son ami d'une mort sanglante. »*
Le garçon regarde le carnet et se permet d'intervenir :
« Heu... désolé, mais je ne suis pas un supporter de l'OM...
– Mais, tu es pour quelle équipe, alors ?
– Je suis pour le PSG. »
Le journaliste raye furieusement la ligne écrite et recommence son article : *« Un jeune voyou assassine froidement le compagnon à quatre pattes d'une honnête famille marseillaise. »*

LABYRINTHE

DIFFICILE

SUDOKU

8								6
			3		8	2	7	
			9	1			4	
	7	2	4				3	
		8				1		
	4				3	7	8	
	9			5	6			
	2	1	8		9			
7								1

Solution page 616

QUI EST L'INTRUS ?

FÉLIX HOUPHOUËT-BOIGNY

GUY SCOTT

MATHIEU KÉRÉKOU

SÉKOU TOURÉ

OMAR BONGO

PAUL BIYA

BLAISE COMPAORÉ

LANSANA CONTÉ

DENIS SASSOU-NGUESSO

ROBERT MUGABE

MOHAMED KADHAFI

Solution : De tous ces présidents africains, un seul est blanc et a passé moins de 20 ans au pouvoir : c'est Guy Scott. Il a été à la tête de la République de Zambie par intérim, durant à peine trois mois.

Dumè le Corse est en décapotable et se fait arrêter par les douanes :
« Avez-vous quelque chose à déclarer ?
– Non, je n'ai rien.
– Qu'avez-vous dans votre coffre ?
– Quelques calculettes uniquement !
– Vous en avez beaucoup ?
– Quatre ou cinq… pas plus.
– Ouvrez votre coffre, s'il vous plaît… Nous voulons voir ça. C'est tout de même curieux de mettre des calculettes dans un coffre de voiture ! »
Dumè ouvre le coffre, et le douanier est stupéfait : deux revolvers, un fusil de chasse, un pistolet-mitrailleur, un lance-roquette…
« Dites donc ! Vous vous moquez de nous ? Vous appelez ça des "calculettes", vous ?
– Absolument !!! Car c'est avec ça que je règle mes comptes, moi ! »

À force de bouffer
des pâtes et de porter
des gants en latex, on va
grossir du bide et maigrir
des mains !

30 mars 2020 :
Tu veux rencontrer
les filles les plus chaudes
de ta région ?
Envoie COVID-19 au 73131

ROLLING STONES OR BEATLES ?
WHO
ROLLING STONES OR BEATLES ?
WHO
ROLLING STONES OR BEATLES ?
WHO

À la blondasse qui vient de prendre 22 plaquettes de beurre, j'annonce que je viens d'acheter 14 Decolor Stop.

31 mars 2020 :
Une petite pensée pour les livreurs Chronopost qui ne pourront plus dire qu'il n'y avait personne à la maison.

À QUOI RECONNAÎT-ON UN CHEF D'ORCHESTRE CHINOIS ?

Solution : Il utilise une fourchette !

QUEL EST LE POINT COMMUN ENTRE UN THERMOMÈTRE ET UN PROFESSEUR ?

Solution : On tremble face à un zéro…

JE SUIS MENTHOLISTE.
C'est comme mentaliste, sauf que moi, j'arrive à deviner à ton haleine si t'as besoin d'un chewing-gum !

Où sont les femmes ?

25 pays tirent leur nom d'une personne, et dans 99 % des cas, il s'agit d'un homme. Seule exception féminine : l'île Sainte-Lucie, nommée en l'hommage d'une martyre sicilienne du IVe siècle… Malgré leurs noms, les Philippines font référence à Philippe II (roi d'Espagne), la Bolivie vient du révolutionnaire Simón Bolívar, Israël est l'autre nom donné à Jacob (dans la Bible et la Torah), tandis que l'Amérique se nomme ainsi d'après le navigateur italien Amerigo Vespucci…

Denis, un Auvergnat, pleure à chaudes larmes dans sa salle de bains. Sa femme, Fifine, lui demande :

« Pourquoi pleures-tu, mon Denis ?

– Bouhhhh !!! Je viens de casser une dent à mon peigne !

– Mais ça ne vaut pas la peine de se mettre dans cet état pour une dent de peigne !

– Bouhhhh… mais c'était la dernière !!! »

QUIZ

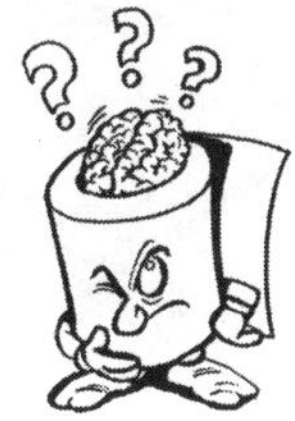

Quel est le nom d'une bouteille de vin contenant 4,5 litres ?

a. Salmanazar
b. Balthazar
c. Magnum
d. Réhoboam
e. Mathusalem
f. Salomon

Solution : d. Pour les autres : a = 9 l ; b = 12 l ; c = 1,5 l ; e = 6 l ; f = 18 l.

DU SPERME COMME ENCRE INVISIBLE

C'est ce que les espions britanniques utilisaient pour faire passer des messages secrets, avant d'arrêter, de peur que l'odeur ne les trahisse trop facilement...

Combien de temps peut-on passer sans dormir ?

Randy Gardner, âgé à l'époque de 17 ans, détient le record mondial depuis 1964. Il est resté 264 heures consécutives, soit 11 jours, sans dormir ! D'après lui et les experts du sommeil qui l'ont suivi, Randy n'a pas souffert de conséquences négatives suite à cette expérience. D'autres individus ont essayé de reproduire le même résultat sous surveillance, en restant éveillés en laboratoire pendant 8 à 10 jours. Si personne n'a eu a déplorer de sérieux problèmes, tous ont connu des pertes de concentration, de perception et de motivation à mesure que le manque de sommeil se faisait sentir. Ils sont passés par des phases de micro-sommeils de plus en plus nombreuses, ce qui les conduisait à perdre de leurs fonctions motrice et cognitive.

Attention donc, si nous sommes physiquement aptes à rester éveillés plusieurs jours consécutifs, nous sommes dans un état de dysfonctionnement général, associé à des troubles de l'humeur et une augmentation de l'hormone du stress (cortisol). Ce manque de sommeil peut aussi favoriser l'hypertension et même perturber la sécrétion de certaines hormones !

Les blagues courtes les plus pourries du monde !

La fesse gauche à la fesse droite :
« T'as vu la belle brune qui vient de passer ? »

« Peux-tu aller arroser les plantes dehors ?
– Mais il pleut !
– Bah… Prends un parapluie. »

Un geek ne sort pas du métro. Il libère la RAM !

Un clown arrive chez son médecin :
« Docteur, je me sens tout drôle ! »

Les témoins de Jéhovah, c'est comme les couilles.
Ils se baladent toujours par paire et n'ont
jamais le droit de rentrer.

Deux manteaux discutent :
« Moi, c'est Bill. Et toi ?
– Ça alors ! Moi c'est Bill aussi !
– Nous sommes donc des Bill manteaux. »

Une cagole entre à la FNAC :
« Je voudrais un livre.
– De quel auteur ?
– Heu… 20 cm.
– Vincent qui ? »

C'est l'histoire de Why.
Why est bûcheron, car depuis tout petit,
Why aime scier.

C'est l'histoire d'un zoophile qui rentre
dans un bar et qui s'enfile quelques vers…

Énigme à la con

À New York, Manhattan,
Cinquième Avenue, dans le quartier
le plus dense en gratte-ciel au monde,
dans un moment d'inattention, un homme
glisse malheureusement du rebord de la
fenêtre d'un immeuble de 73 étages,
et fait une chute dans la rue. Pourtant,
il s'en sort sans aucune blessure.

Comment est-ce possible ?

Solution : Il habite au rez-de-chaussée, et fait une petite chute d'un mètre seulement.

SANDRA OH A FAILLI NE JAMAIS OBTENIR LE RÔLE QUI L'A FAIT CONNAÎTRE

Aujourd'hui connue pour son rôle de Cristina Yang dans *Grey's Anatomy*, pour avoir ensuite obtenu le rôle principal dans la série *Killing Eve* et avoir obtenu le Golden Globe de la meilleure actrice dans une série dramatique (une première pour une actrice d'origine asiatique), **Sandra Oh** aurait pourtant pu passer à côté de son destin ! En effet, durant les auditions pour le rôle du docteur Cristina Yang, alors qu'elle venait de lire quelques lignes du scénario et qu'elle attendait avec d'autres actrices de savoir si elle était prise ou non, elle a décidé… de partir ! Sa raison était simple : elle avait oublié son téléphone et son porte-monnaie chez elle. Heureusement, Shonda Rhimes, la créatrice de la série avait été séduite par la jeune femme et lui a tout de même offert le rôle. **Sandra Oh** a joué dans la série pendant dix années, avant de décider de quitter la production.

Ils disent que pour
faire ses courses un masque
et des gants suffisent.
Bande de menteurs !
Tous les autres étaient
habillés !

1er avril 2020 :
Je n'aurais jamais cru
que notre mort serait
aussi made in China.

Tony est chez le médecin qui lui demande :

« Vous faites du sport ?

– Mais… le sexe, ça compte ?

– Bien sûr !

– Alors non… »

QUELLE EST LA BANQUE QUI N'ACCEPTE QUE LES VERSEMENTS EN LIQUIDE ?

Solution : La banque du sperme.

QUEL EST LE POINT COMMUN ENTRE DES MARRONS ET DU VIAGRA ?

Solution : Les deux servent à fourrer la dinde.

JULIA ROBERTS A DONNÉ SON NOM À UN SQUELETTE !

C'est en 2004, en Bulgarie, que des archéologues ont découvert un squelette datant de 9 000 ans. À la vue de sa « dentition parfaite », ils ont décidé de l'appeler **Julia Roberts** en hommage à l'artiste et son sourire éclatant.

J'ai demandé à mon mari d'enlever son masque et j'ai découvert que ça fait quinze jours que je suis avec mon voisin !

2 avril 2020 :
Beaucoup de divorces en Chine après le confinement... ils ne pouvaient plus se saké !

YOGA
AGOY
AH

Après 2 mois sans coiffeur, 90% des blondes auront disparu de la surface de la Terre...

12 avril 2020 :
Ce virus a dû être inventé par une femme qui, en un coup, a réussi à suspendre le football, fermer les bars et tenir son mari à la maison.

Lors d'un rendez-vous pour un entretien d'embauche, le DRH questionne Laura :

« Pour quelles raisons avez-vous quitté votre dernier emploi ?

– Pour cause de maladie.

– Si cela ne vous gêne pas, pourriez-vous préciser ?

– Ma manière de travailler rendait mon patron malade. »

MOTS MÊLÉS

Prénoms mixtes

Saurez-vous retrouver chacun des mots cachés dans ce tableau ?

Les mots peuvent être écrits horizontalement, verticalement, en diagonale ou à l'envers.

Mots à trouver :

1) ALIX
2) ANDREA
3) ANGE
4) CAMILLE
5) CHARLIE
6) CLAUDE
7) DOMINIQUE
8) EDEN
9) ELLE
10) KIM
11) LOANE
12) LOIS
13) LORS
14) LOU
15) LOUISON
16) MADY
17) MAE
18) MARKET
19) NOA
20) SACHA
21) SWANN
22) THAIS
23) WISSEM
24) YAEL

JEUX

G	U	W	N	B	X	T	L	Ç	Q	K	A	Z	I	I	V	E	Y	L	D
J	W	G	E	U	L	N	E	Ç	U	N	A	L	O	I	S	U	O	L	T
G	K	E	D	A	J	A	F	K	E	E	G	S	I	U	K	O	H	B	T
C	T	P	E	M	P	B	L	F	R	O	W	M	K	X	P	P	Y	E	M
E	L	U	D	G	I	H	J	V	A	A	Q	I	R	N	A	D	P	Z	O
M	E	C	Q	G	I	F	Z	V	N	E	M	A	I	I	H	M	P	M	V
A	A	T	Y	F	C	W	B	N	I	P	R	A	C	U	P	S	G	I	K
E	N	A	T	P	V	U	Ç	C	K	K	E	D	S	Z	V	X	K	K	L
C	H	A	R	L	I	E	H	B	G	Q	S	N	N	P	V	S	S	M	E
M	V	E	S	B	P	C	J	A	E	J	G	T	P	A	G	X	X	U	X
Y	C	L	A	F	C	O	G	A	E	U	S	A	V	K	N	O	A	E	H
I	O	C	R	R	B	A	Ç	U	E	E	Q	M	L	G	T	J	F	F	A
H	A	C	M	Q	F	A	M	N	S	E	U	I	K	O	Z	C	J	C	Z
Q	L	W	Ç	J	H	J	A	I	E	N	G	C	N	A	R	P	W	W	F
M	E	X	F	C	J	O	W	C	L	A	D	V	N	I	E	S	E	I	I
M	A	G	A	N	L	E	Y	Y	L	L	D	G	Z	N	M	D	R	S	Z
Y	Y	S	B	T	H	A	I	S	E	K	E	C	K	P	U	O	Ç	S	S
U	Z	X	R	E	U	J	B	Z	Z	D	A	V	Z	A	B	L	D	E	P
Ç	L	O	U	I	S	O	N	Y	D	A	M	P	L	O	R	A	D	M	T
R	M	Q	T	Q	A	K	G	E	W	S	C	C	H	V	K	S	D	Z	W

Solution page 611

PAS BESOIN DE TEST ADN POUR LES HÉRISSONS

Pour s'assurer qu'il sera bien le père des petits à naître, l'animal plein d'épines forme un bouchon dans le vagin de sa dulcinée avec du sperme solidifié... La confiance règne !

Énigme logique

Le grand savant Molius aime bien taquiner son apprenti. Lorsque ce dernier lui demande « *Quel jour sommes-nous aujourd'hui ?* », il lui répond : « *Quand après-demain sera hier, il nous faudra autant de jours pour atteindre dimanche qu'il nous en a fallu, quand avant-hier était demain, pour que nous soyons aujourd'hui.* »

Quel jour sommes-nous ?

Solution : Lundi. Après-demain, mercredi sera la veille du jeudi. Et, jeudi, le dimanche viendra dans 3 jours. De plus, si avant-hier, samedi, était demain, nous étions vendredi et il faudra 3 jours pour atteindre lundi.

JEUX

MOTS CROISÉS

Horizontalement

1. Fait
2. Fissent confiance
3. Enduit pour rendre les skis glissants - Relevé d'identité opérateur
4. Espagne - Vente aux enchères
5. Danse hongroise
6. Semblables
7. Lithium
8. Créé

Verticalement

I. Concret
II. Comptât sur
III. Dessert breton à base d'œufs - Prénom de Pacino
IV. Corps résultant de l'action d'un acide sur un alcool
V. Caesium - Néodyme - Foin
VI. Labourai pour la 3e fois
VII. Commune française de la Loire - Bouquiné
VIII. Commune française de la Meuse - Démenti

JEUX

	I	II	III	IV	V	VI	VII	VIII
1								
2								
3					■			
4			■					
5								■
6					■		■	
7		■	■	■		■		
8								

Solution page 618

Carmen, de catastrophe à succès mondial

Avant d'être un opéra célèbre dans le monde entier, *Carmen* a été un désastre lors de sa création, le 3 mars 1875 à l'Opéra-Comique. Georges Bizet (1838-1875) ne vit même pas la réussite de son opéra puisqu'il décéda d'un infarctus lors de l'une de ses représentations, bien avant la naissance de son succès...

Annonces Le bon coin-coin !

VENDS MENTON.
Cause : je l'ai en double.

Éjaculateur précoce
cherche femme sexy pour…
ah ah oh ohhh ahhh.
Bon, bah… non, rien…
laissez tomber !

LABYRINTHE

FACILE

SUDOKU

5					8		1	
			1			5		9
				6	3		7	
	1					9		3
		2		5		8		
3		7					2	
	3		8	1				
1		9			2			
	7		9					6

Solution page 616

LES DEVINETTES À LA CON

PARMI PLUSIEURS TABLETTES DE CHOCOLAT, À QUOI RECONNAÎT-ON LE MÂLE ?

Solution : Aux noisettes !

QUELLE EST LA PUISSANCE D'UN COTON-TIGE ?

Solution : 2 watts.

Robert entre dans un café et crie au zinc :
« Bière pour tout le monde ! Pour toi, pour moi et pour tous les autres ! »
Le patron sert une trentaine de bières. Robert boit la sienne cul sec et déclare :
« La même chose ! Une bière pour toi, une pour moi et une pour tous les gars du bar ! »
Et ainsi, cinq fois de suite…
Mais quand vient le moment de payer, Robert s'aperçoit qu'il est à sec.
Le patron, furieux, lui donne une rouste mémorable et le jette dehors sans aucun ménagement.
Trois jours plus tard, Robert revient dans le même café. Il hurle :
« Patron !!! Bière pour moi et pour tous les gars du bistrot !!!
– Et moi ??? Je bois pas ???, demande le patron, circonspect.
– Ah non ! Toi, t'es trop méchant quand tu bois ! »

Au final, on aura pris plus de réclusion ferme que Balkany !!!

4 avril 2020 :
J'ai vraiment peur qu'avec l'Espagne et l'Italie, on se retrouve pris en sandwich entre deux tranches de pandémie.

LA CHANTEUSE LOUANE, VICTIME DE GROSSOPHOBIE

Si internet et ses réseaux sociaux ont bien des avantages, il faut reconnaître que cela laisse place aussi à de nombreuses dérives, dont l'opportunité aux uns et aux autres de venir cracher leur venin… **Louane** en a fait les frais après son passage sur France 2 lors des *Victoires de la musique*. La jeune chanteuse avait recueilli bon nombre d'insultes et de critiques liées à son physique, ce à quoi elle avait répondu avec beaucoup de sagesse lors d'une interview : « *Le cyberharcèlement, il y a deux choses. Je pense qu'il faut vraiment en parler. C'est très très important de ne pas rester dans son coin face à ça. Et il faut aussi se rappeler que les gens qui cyberharcèlent n'ont rien d'autre à faire. Je pense que la carapace, face aux commentaires négatifs qui ne sont pas constructifs, elle se fait naturellement. On se rend compte que les gens qui sont derrière leurs écrans, à partir du moment où ils sont face à toi, ils ne disent plus rien…* »

Après avoir vu ensemble *Cinquante nuances de Grey* au cinéma, Brigitte et Dany arrivent chez eux.
Elle semble tout émoustillée :
« Je n'ai plus de tabou !
– Tu n'as aucune règle ?
– Non !!! J'ai la ménopause ! »

QU'EST-CE QU'UN CONCOURS HIPPIE ?

Solution : C'est un concours de cheveux.

QUE FAUT-IL ÉVITER DE DIRE À UN ANTIQUAIRE ?

Solution : *« Quoi de neuf ? »*

Un gendarme arrête
Sandra à bord de
sa voiture :
« Madame, vous avez
dépassé les 50 !
– Non !!! C'est le chapeau !
Ça me vieillit ! »

Le Soleil, seul responsable de notre bronzage ?

Eh non ! C'est tout l'univers qui s'y met pour nous donner un joli hâle ! Moins d'un milliardième de 1 % des rayons UV provient des autres galaxies et des étoiles, et 0,001 % est même issu d'un résidu du Big Bang ! La classe !

LES SPORTIFS LES MIEUX MEMBRÉS SERAIENT LES MEILLEURS SUR LE TERRAIN

Selon une thèse réalisée par Christopher Morriss-Roberts, il existe bel et bien une corrélation entre les deux ! Les sportifs se jaugent dans les vestiaires, et notamment sous la douche, pour savoir qui est le maître du troupeau... Plus le membre est imposant et plus le sportif parvient à s'adapter dans l'équipe et à obtenir davantage de respect au sein de celle-ci. De fait, il gagne alors en confiance en lui et, par association, devient donc meilleur sur le terrain !

Énigme logique

Les services secrets britanniques se réunissent dans un endroit sécurisé par un mot de passe changeant. Un premier agent arrive : le gardien lui dit « huit » et il répond « quatre ». On le laisse entrer. Avec un deuxième agent, le gardien dit « six » et il répond « trois ». On le laisse entrer. Un espion qui a tout entendu essaie d'entrer. On lui dit « quatre », et lorsqu'il répond « deux », la porte reste fermée.

Pourquoi ? Que devait-il répondre ?

Solution : L'espion aurait dû répondre « six », la réponse étant le nombre de lettres du chiffre annoncé par le gardien.

Dans une poêle,
deux œufs au plat
engagent la conversation :
« Il commence à faire
chaud ici, non ?
– Ah ! Un œuf qui
parle ! »

Une journée, un succès

C'est ce qu'a expérimenté Noel Gallagher en composant le tube « Supersonic » pour son groupe Oasis, en seulement une toute petite journée. Après avoir terminé l'enregistrement de *Definitely Maybe*, le groupe était incapable de décider quel serait son single et c'est en réaction à ce dilemme qu'est née la chanson considérée comme la plus populaire d'Oasis !

Humour

Moshé expédie un mandat Western Union à son fils Arié qui est en vacances en Israël pour voir la famille, puis lui envoie un SMS :

« Mon fils ! Je t'envoie le code pour récupérer le mandat de 50 euros, comme tu me l'as demandé, afin de finir tes vacances. La prochaine fois que tu m'envoies un SMS, fais attention aux fautes d'orthographe : 50 ne prend qu'un zéro !!! »

COMMENT APPELLE-T-ON LES TESTICULES DE DAUPHINS ?

Solution : Des boules de Flipper.

POURQUOI NE FAUT-IL JAMAIS PARLER À UN ITALIEN QUI CONDUIT ?

Solution : Parce qu'il a besoin de ses mains.

L'ANCIENNE MISS CAMILLE CERF, VICTIME DE BODY SHAMING

Ah, le corps des femmes… Tout le monde a un avis et tout le monde croit qu'il doit absolument le donner… et c'est bien tout le problème quand cela vire au harcèlement. Ce n'est pas **Camille Cerf** qui dira le contraire, elle qui est régulièrement prise pour cible sur les réseaux sociaux où elle est critiquée sur son apparence. Pour toute réponse, l'ancienne Miss France aux formes pulpeuses assume son corps, et mieux encore : elle en fait un atout ! Un bon exemple pour les hommes ou les femmes ayant des complexes.

Humour

Un business man se rend dans une ferme et demande aux propriétaires :
« J'ai absolument besoin de 500 kilos de laine pour la semaine prochaine ! Je vous en offre 10 000 euros ! »
Les éleveurs sont bien embêtés, car ils viennent de finir la tonte, mais devant une telle somme, ils décident de faire un effort. Toutes les bêtes sont tondues au plus près et, finalement, ils arrivent à rassembler 499 kilos de laine.
Comment faire pour tenir la commande ?
Ils ont une idée : ils attrapent Léon, le grand-père, et le tondent !
Avec l'argent qu'ils ont gagné, les éleveurs s'offrent une magnifique semaine de vacances, laissant la ferme à la garde du grand-père Léon.
Quand ils reviennent, ils trouvent le grand-père sur le toit de la ferme, un fusil à la main.
« Que se passe-t-il grand-père ???
– Le type est repassé. Il voulait une douzaine d'œufs.
– Et alors ?
– On n'en avait que dix ! »

Le saviez-vous ?

Une appli pour estimer son empreinte carbone !

Elle permet d'évaluer les émissions de CO_2 à partir d'un relevé bancaire et de faire prendre conscience aux utilisateurs de l'impact de leurs achats sur l'environnement. Avec *Greenly*, il est aussi possible de financer des projets « verts », comme la construction d'éoliennes dans des pays en développement. Encore faut-il avoir assez confiance pour autoriser l'application à avoir accès à ses relevés de comptes…

En raison de la contamination, je ne répondrai pas aux appels téléphoniques, sauf s'ils sont masqués.

5 avril 2020 :
Une pensée particulière à tous les gars qui ont dit à leur femme : « Je vais le faire quand j'aurai le temps ! »

Humour

Pour son examen annuel, Pascal se rend chez son urologue pour une vérification de la prostate. La secrétaire médicale l'accueille et lui dit :
« Monsieur, veuillez patienter dans la salle d'attente. Il y a petit changement de dernière minute, le docteur Roger Durand a dû s'absenter exceptionnellement aujourd'hui, mais il s'est fait remplacer.
– Pas de souci. J'attends. »
Lorsque Pascal entre dans le cabinet, il a une belle surprise : la remplaçante est juste sublime !
La doctoresse lui demande :
« Voulez-vous bien vous coucher sur le côté droit et plier vos genoux, s'il vous plaît.
– Bien sûr !
– Pendant que j'examine votre prostate, prenez une grande respiration et dites : "99 ! 99 !".

– 99 ! 99 !

– Parfait. Maintenant, tournez-vous sur le côté gauche, prenez une grande respiration et dites : “99 ! 99 !”.

– 99 ! 99 !

– C’est très bien… »

L’examen arrive presqu’à sa fin et Pascal est toujours subjugué par la beauté de la doctoresse qui lui dit :

« Dernier petit contrôle. Vous vous mettez sur le dos, les genoux repliés. Je vais vérifier votre prostate avec cette main, et avec l’autre je vais tenir votre pénis pour qu’il ne gêne pas au milieu. Respirez donc à fond et dites : “99 !”.

– 1… 2… 3… 4… 5… 6… 7… »

À 12 ANS, JAY-Z A TIRÉ SUR... SON GRAND FRÈRE

Si le passé de dealer de la star n'est pas un secret, on sait moins qu'il a fait usage d'une arme sur un membre de sa famille. Le rappeur a toujours déclaré n'avoir jamais touché à la drogue qu'il vendait dans Brooklyn, mais son frère aîné, en revanche, était addict au crack... Un jour, ce dernier lui vole sa bague. Jay-Z, alors âgé de 12 ans, prend son arme, vise, ferme les yeux et tire. À cette époque, il craint de finir sa vie en prison, mais son frère ne portera pas plainte et s'excusera même auprès de lui. C'est dans le morceau « You Must Love Me » qu'il évoque le fameux jour où il a tiré une balle dans l'épaule de son frère.

Énigme logique

Un piéton qui fait 6 km à l'heure se rend de Marseille à Grenoble. À 2 km de son point de départ, il est dépassé par un bus parti du même point que lui, mais 10 minutes plus tard. Après avoir parcouru encore 11 km 1/3, il rencontre, pour la seconde fois, le même bus, qui n'est resté que 10 minutes à la station terminus et qui retourne à Marseille.

Quelle est la distance entre chaque station de bus ?

Solution : À la première rencontre, le piéton a marché pendant 2/6 ou 1/3 heure, soit 20 minutes. Le bus parcourt 2 km en 20 – 10 = 10 minutes. La vitesse du bus à l'heure est donc de 2 × 6 = 12 km. Le temps pendant lequel le bus a circulé entre les deux rencontres est de 34/3 × 1/6 – 1/6 = 31/18 heure. Si D est, en kilomètres, la distance cherchée, on a : 13 × 31/18 = D – 2 + D – (2 + 34/3). On en déduit que D = 18 km.

« Message in a Bottle », un tube planétaire écrit à la va-vite !

En 1979, le groupe The Police ajoute à son album *Reggatta de Blanc* le tube international, « Message in a Bottle ». La chanson préférée de Sting a pourtant été écrite en quatrième vitesse et la première démo fut même enregistrée dans le bus de tournée à l'aide d'un magnétophone doté d'une boîte à rythmes.

Un couple âgé, Louis (82 ans) et Huguette (81 ans), se rend à la messe du dimanche comme d'habitude.
Soudain, Huguette se penche vers son mari, très gênée, et lui glisse à l'oreille :
« Très discrètement, j'ai laissé échapper un pet mais… ça sent mauvais. Qu'est-ce que je dois faire ? »
Et Louis lui répond haut et fort :
« Pour le moment, y'a rien à faire !!! Mais dès qu'on rentre à la maison, on change la pile de ton appareil auditif !!! »

QUE FAIT MARIA DANS LES TOILETTES D'UN RESTAURANT MEXICAIN ?

Solution : Maria chie...

QU'EST-CE QUI EST TRANSPARENT ET QUI COURT DANS LES CHAMPS ?

Solution : Un troupeau de vitres !

L'ÉTONNANTE CLAUSE DU TESTAMENT DE KIM KARDASHIAN

Elle a confirmé dans une interview que si elle est un jour atteinte d'une maladie lui faisant perdre ses moyens, il faudrait que son apparence soit soignée comme à son habitude. Elle devra donc toujours avoir une coiffure soignée, des ongles manucurés et un maquillage « parfait ». On peut dire qu'elle a le sens des priorités !

MOTS MÊLÉS

Prix Nobel de la paix

Saurez-vous retrouver chacun des mots cachés dans ce tableau ?

Les mots peuvent être écrits horizontalement, verticalement, en diagonale ou à l'envers.

Mots à trouver :

1) AHMED
2) AHTISAARI
3) ANNAN
4) CARTER
5) EBADI
6) GBOWEE
7) GORE
8) HUME
9) KARMAN
10) MAATHAI
11) MUKWEGE
12) MURAD
13) OBAMA
14) SANTOS
15) SATYARTHI
16) TRIMBLE
17) XIAOBO
18) YOUSAFZAI
19) YUNUS

JEUX

G	D	J	C	N	S	U	C	D	P	S	V	L	H	U	G	Q	R	Ç	X
H	F	R	H	Q	M	T	A	S	S	U	N	U	Y	L	K	O	P	R	T
E	E	V	Y	T	X	R	X	W	O	C	Q	Q	Z	Z	K	F	R	R	H
S	Z	O	S	O	U	B	E	G	R	J	N	M	N	N	D	R	E	E	S
J	Y	Q	A	M	U	M	X	K	I	P	K	U	A	Y	K	W	U	X	L
D	E	Q	N	A	H	S	Z	T	R	I	M	B	L	E	R	K	P	V	U
Q	T	L	T	A	I	D	A	R	T	L	K	W	A	H	M	E	D	I	C
A	U	Y	O	T	M	W	X	F	Z	W	U	V	W	V	N	F	Q	H	J
H	Q	J	S	H	J	R	I	Q	Z	H	A	H	M	Q	H	G	U	K	M
T	G	H	D	A	B	B	A	S	P	A	F	N	G	G	I	Z	V	L	D
I	Y	P	X	I	C	W	O	K	Ç	C	I	Z	N	W	O	Y	W	E	A
S	X	I	U	N	Q	A	B	Q	F	A	Y	W	O	A	M	T	A	S	E
A	W	V	N	R	K	E	O	E	L	R	V	R	B	M	N	M	W	C	Y
A	I	D	A	B	E	C	P	A	I	T	M	G	W	N	Z	K	N	E	D
R	S	M	U	K	W	E	G	E	S	E	C	F	O	T	U	O	L	D	J
I	H	H	U	M	E	H	T	H	I	R	P	M	V	O	V	L	H	A	A
I	H	T	R	A	Y	T	A	S	V	A	Ç	M	U	E	E	W	O	B	G
Z	W	C	J	D	M	Ç	F	J	N	D	K	F	G	J	Ç	B	A	D	E
J	X	Q	V	B	A	J	A	M	A	I	N	B	Ç	T	B	Ç	G	I	S
L	P	E	A	O	B	A	M	A	H	U	G	L	S	F	K	V	T	R	N

Solution page 611

DES WC PRESQUE PARFAITS ?

La propreté des toilettes reflète-t-elle vraiment la propreté en cuisine ? C'est en tout cas ce que pensent deux Montpelliérains en lançant leur application *Cacadvisor*, sur laquelle vous pouvez noter et commenter les toilettes des restaurants ! Au-delà de l'aspect sanitaire, cela permet aux utilisateurs de savoir si les commodités sont accessibles aux personnes handicapées ou si des tables à langer sont à disposition, on est donc loin de la blague !

Qui est-ce qui commande ?

D'après des chercheurs français, suisses et norvégiens, les stéréotypes sur la domination et le pouvoir se construisent dès 4 ans, et ce, peu importe la culture ! Lors d'une étude, des enfants français, norvégiens et libanais âgés de 3 à 6 ans ont été placés devant des images montrant deux personnages asexués, l'un en position de domination et l'autre en position de subordination. Ils ont massivement identifié le premier à un garçon et le second à une fille… Aïe !

Énigme mathématique

Je suis un lion de bronze. Mes yeux, ma bouche et mon pied droit sont des fontaines. L'œil droit remplirait un bassin en 2 jours, l'œil gauche en 3 jours et mon pied en 4 jours. Ma bouche mettrait simplement 6 heures.

S'ils versaient l'eau tous à la fois, combien leur faudrait-il de temps pour remplir le bassin ?

Solution : En une heure, l'œil droit remplit 1/48 du bassin, l'œil gauche 1/72, le pied 1/96 et la bouche 1/6. La fraction du bassin rempli en une heure est donc de 1/48 + 1/72 + 1/96 + 1/6 = (6 + 4 + 3 + 48)/288 + 61/288. Pour remplir la totalité du bassin, il faut donc 288/61 heures = 4 heures 44/61 = 4 heures 43 minutes et 16 secondes.

« Laissez votre égo à la porte ! »

Le producteur Quincy Jones a envoyé un carton d'invitation sur lequel était écrit « *Check your egos at the door* » aux 45 artistes devant participer à l'enregistrement de « We Are The World » en janvier 1985, qui avait pour objectif de lever des fonds pour lutter contre la famine en Éthiopie.

LES PERLES DU CONFINEMENT

Les symptômes du Coronavirus :
- Étape 1 : Forte toux
- Étape 2 : Fièvre
- Étape 3 : Propos incohérents du style « J'aime bien Macron »

QUE DIT UN OIGNON QUAND IL SE COGNE ?

Solution : « Aïl !!! »

QUE DIT UNE PHOTOCOPIEUSE QUI CROISE UNE AUTRE PHOTOCOPIEUSE ?

Solution : « On scannait ? »

Dis, le végan !
Tu tofu pas de ma gueule, par hasard !?

6 avril 2020 :

Il faudrait demander à Michel Drucker comment s'est passée la peste noire en 1347. Il a peut-être de bonnes astuces.

QUI A RÉALISÉ LE DESSIN DE NU POUR LE FILM TITANIC ?

Tandis que Rose (Kate Winslet) pose nue devant Jack (Leonardo DiCaprio), ce dernier est en train de la dessiner… C'est en tout cas ce que l'on pense. Mais en réalité, c'est le réalisateur du film, **James Cameron**, qui a exécuté ce dessin. On voit d'ailleurs ses mains à l'écran ! Il a ensuite ajouté les initiales du personnage de DiCaprio ainsi que la date du 14 avril 1912, veille du naufrage du bateau.

Dans le salon, le père de Jérémy l'appelle :
« Jérémy !!!
– Oui papa ?
– Va me chercher mes pantoufles à l'étage, s'il te plaît.
– Oui, mon papa. »
Jérémy arrive à l'étage et aperçoit sa sœur dans sa chambre avec une superbe copine très sexy. Il ouvre grand la porte et sa sœur lui demande :
« Tu veux quoi, Jérémy ???
– Ben… Papa m'a dit de toucher les seins de ta copine !
– Mais ça ne va pas ??? Tu dis n'importe quoi !!!
– Non, je te jure. Écoute. PAPAAAA !!! PAPAAAA !!!, crie-t-il.
– OUI, Jérémy ???
– Papa, un seul ou les deux ?
– Ben… les deux ! »

Boire trop d'eau peut-il être mortel ?

Le corps peut être en excès d'eau, c'est l'hyponatrémie, un trouble métabolique causé par une faible quantité de sodium dans le sang due à une consommation excessive d'eau, qui touche essentiellement les sportifs de haut niveau. Les principaux cas d'hyponatrémie ont été enregistrés sur des athlètes de haute compétition de triathlon, lors de grandes compétitions comme l'Ironman, d'escalades extrêmes ou d'ultra marathons, lors d'entraînements militaires, ou des sports collectifs comme le football. Les athlètes professionnels qui ont considérablement augmenté leur consommation d'eau ont fini par souffrir d'insuffisances cardiovasculaires, selon une étude faite à l'université d'Oakland, aux États-Unis…
Pour le commun des mortels, consommer 2 litres d'eau par jour suffit amplement ! Si vous avez un doute quant à la qualité de votre hydratation, il vous suffit de vérifier la couleur de vos urines : si le liquide est presque transparent, le corps est bien hydraté, s'il est entre le jaune et le marron, votre corps ne l'est pas suffisamment, et si les tons sont plus foncés, il se peut que vous ayez un problème de santé comme une infection urinaire.

COMMENT ÉVITER DE SE TAPER SUR LES DOIGTS EN PLANTANT UN CLOU ?

Solution : En prenant le marteau à deux mains !

QUELLE EST LA DEVISE D'UN IMPRÉSARIO ?

Solution : « Tous pour un, et dix pour cent ! »

MOTS MÊLÉS

Sous-vêtements

Saurez-vous retrouver chacun des mots cachés dans ce tableau ?

Les mots peuvent être écrits horizontalement, verticalement, en diagonale ou à l'envers.

Mots à trouver :

1) BAS
2) BODY
3) BOXER
4) BRASSIERE
5) BUSTIER
6) CALECON
7) CARACO
8) COLLANTS
9) CULOTTE
10) DESHABILLE
11) GAINE
12) GUEPIERE
13) JARRETELLES
14) MAILLOT
15) NUISETTE
16) SHORTY
17) SLIP
18) STRING
19) TANGA

JEUX

Y	Z	S	Z	D	E	S	H	A	B	I	L	L	E	L	W	P	E	U	R
X	N	Q	X	B	O	D	J	J	J	O	R	G	Ç	I	U	N	E	C	I
T	Q	P	T	H	M	T	C	I	C	A	L	E	C	O	N	M	K	F	V
P	W	S	A	H	X	A	P	K	E	J	J	W	M	Q	B	R	R	G	W
I	G	H	N	B	G	A	C	Ç	E	R	B	I	G	N	V	M	I	M	B
L	C	O	G	O	O	L	G	T	J	K	D	F	C	O	Y	S	O	R	N
S	L	R	A	X	E	C	B	L	R	G	J	O	N	W	W	I	A	X	Z
S	R	T	M	E	R	G	A	I	N	E	A	H	A	H	C	S	W	X	S
T	U	Y	D	R	I	A	S	R	D	W	R	A	P	T	S	Y	W	T	X
N	K	V	O	X	T	V	S	Y	A	S	R	S	O	I	A	T	N	W	J
A	D	I	H	A	E	I	F	R	D	C	E	V	E	K	K	O	Ç	T	E
L	K	C	M	J	R	U	U	K	A	P	T	R	O	T	A	L	L	O	T
L	N	Y	B	R	R	E	D	I	L	N	E	O	R	U	N	D	G	L	T
O	Q	Z	D	N	A	L	I	G	B	P	L	A	V	K	U	T	U	L	O
C	Q	E	O	Ç	J	D	W	T	Z	O	L	Q	E	A	I	O	E	I	L
Y	T	G	F	N	R	B	L	B	S	F	E	U	U	N	S	Y	P	A	U
V	B	B	A	S	T	R	I	N	G	U	S	H	D	Z	E	D	I	M	C
Z	P	Ç	W	B	F	T	L	R	X	Y	B	B	O	R	T	O	E	W	B
M	K	Y	Ç	Q	K	V	I	Ç	S	E	M	X	M	W	T	B	R	I	E
B	O	B	L	I	O	Y	Q	B	W	S	G	W	Ç	M	E	F	E	E	P

Solution page 612

Humour

« Dis-moi qui
tu fréquentes, je te
dirai qui tu es.
– Qui tu fréquentes.
– Qui tu es.
– Merci à toi.
– De rien. »

Quel est le bruit le plus puissant du monde ?

Le 27 août 1883, le volcan indonésien Krakatoa explose si fort que son éruption est entendue jusqu'à l'île Rodrigues, à plus de 4 800 km de là ! Le son qui est enregistré à 160 km du volcan atteint 172 décibels (dB) ! À titre de comparaison, sachez que le bruit relevé à 100 mètres d'un avion de ligne qui décolle est de 130 dB, soit 16 000 fois moins que l'explosion du Krakatoa… On suppose que la puissance sonore à proximité de ce dernier a dû dépasser 194 dB, soit le maximum possible sur terre. Néanmoins, en mai 2019, un autre bruit a battu son record, sous l'eau cette fois ! Des physiciens de l'université Stanford ont généré une onde pression équivalente à un son de 270 dB !

Quand je pense
à tous ces gens qui
attendaient avec impatience
leur rendez-vous chez
l'ophtalmo pris en 2014.

7 avril 2020 :
Soyez responsables.
Soyez confits.
Franck Ribery

www.maviedefemme.com

et **Marie Dewulf,**

astrologue réputée,

vous présentent :

L'HOROSCOPE 2021

Horoscope

BÉLIER (21 mars – 20 avril) 

Votre ciel de 2021

Globalement, vous serez assez « tranquille » ! Mars quitte votre signe en vous laissant un plein d'énergie pour faire face aux différentes situations que vous rencontrerez. C'est une énergie motrice et apaisée.

Motrice parce qu'elle vous permet d'œuvrer avec efficacité. Apaisée parce que vous êtes en capacité de la canaliser sur vos objectifs. Les troisièmes décans en auront besoin pour piloter leur vie professionnelle.

Votre ciel relationnel

En période d'anniversaire, l'arrivée de Vénus dans votre signe va vous mettre le cœur en goguette ! Elle va profiter de son passage pour semer quelques graines d'amour dans les cœurs à prendre, rapprocher les cœurs éloignés, renforcer les cœurs complices, mettre du baume sur les cœurs fracassés.

Sa rencontre avec Mars en juin vous mettra des papillons dans les yeux. Ce rendez-vous céleste présidera des rendez-vous terrestres et fera éclore des fleurs d'amour dans les cœurs à prendre. Chez d'autres, ce seront les prémices de tendres projets. C'est une période coquine pour celles et ceux qui souhaitent se laisser emporter sur les ailes du désir !

Côté relations amicales, pas de contrariétés célestes, cela augure une zone paisible mais dynamique néanmoins. Votre carnet d'adresses s'enrichira de quelques nouveaux contacts.

Votre ciel professionnel et financier

Les derniers décans sont dans la bourrasque des changements, un paysage d'après tempête pour les deuxièmes décans. Les premiers font plein de projets, entreprennent, ils sont soutenus par une bonne énergie, des idées plein la tête, et aussi quelques-uns épaulés par un ami céleste qui vous veut beaucoup de bien.

Troisièmes décans, la période est particulière dans le sens où vous avez des cartes à jouer, mais de nouvelles cartes. La période est propice pour une réorientation, une conversion, une mutation, bref, le climat est au changement. Un changement subi si vous faites de la résistance, un changement piloté si vous accompagnez ce changement, vous avez le choix de la manière de faire.

Si cela peut vous rassurer, votre situation financière, même si elle peut être en dents de scie, est néanmoins sans problématique particulière. Dans ce domaine, vous maintenez le cap et les cordons de la bourse.

Votre ciel bonne forme

Un ciel bonne forme, bon tonus, bon dynamisme, bonne vitalité. C'est plutôt l'entretenir qui vous est conseillé. Il y aura bien un petit coup de pompe par-ci par-là, surtout en période de lunaison mi-avril et mi-octobre. Considérez-les comme des moments de repos nécessaires à votre ressourcement. Évitez d'en faire des moments de mauvaise humeur à minima, des moments de tiraillements et/ou de conflits à maxima.

Quand vous sentez un trop-plein d'énergie vous déborder, voici un petit truc qui peut vous aider à remettre vos énergies dans le bon ordre.

Dans un endroit privatif en station debout, respirer profondément et calmement, ensuite tendre les bras en avant, un bras fait des moulinets dans le sens des aiguilles d'une montre et l'autre poing fermé dans l'attitude du boxeur qui va décocher un direct, « donnez » plusieurs coups de poing dans le vide. Refaire l'exercice en inversant les mouvements.

Cet exercice a pour but d'adoucir votre trop-plein d'énergie sans diminuer votre dynamisme.

Horoscope

TAUREAU (21 avril – 20 mai) 

Votre ciel de 2021

Avis de tempête pour les premiers décans, et les deuxièmes surtout, vers la mi-mars et mi-avril ainsi que mi-septembre et mi-octobre. Des périodes qui pourraient bien voir vos émotions déborder avec le risque de perdre pied et/ou de vous déstabiliser. Ces remous éclabousseront tous les domaines de votre vie.

Les autres natifs vivront ces remous de plus en plus atténués jusqu'à n'être plus que des clapotis pour les natifs de fin de signe.

Votre ciel relationnel

Premiers et deuxièmes décans, vous semblez faire les funambules sur vos émotions.

La face émulatrice de ces aspects apporte un flot d'émotions par une rencontre troublante qui peut toucher n'importe quel(le) natif(ve) accompagné(e) ou libre. Une rencontre qui vous pousse à faire le point sur votre vie : soit cela vous conforte et consolide votre relation, soit cela vous ébranle et met en relief les fragilités de celle-ci. C'est la face moins visible de ces aspects qui risque d'accentuer la fragilité de votre relation, de la fissurer, de l'émietter, de la fracturer. On peut dire que ce tourbillon soulève, comme les feuilles des arbres à l'automne, une remise en question déstabilisante. Vous pourrez compter sur des amis fidèles et fiables pour vous soutenir.

Ambiance plus paisible pour les troisièmes décans qui peuvent goûter sans modération aux joies amoureuses et amicales.

Votre ciel professionnel et financier

Beaucoup de vent dans ce domaine. Soit vous avez le « vent en poupe », vous vous laissez porter et vous avancez, fendant les écueils avec panache. Soit vous luttez contre vents et marées et vous ramez à contre-courant avec difficulté. Quoi qu'il en soit, vous traversez une zone de turbulences et de changements.

Le point culminant de ce tourbillon se situe entre le 23 et le 30 avril. Un rendez-vous d'acteurs célestes qui suscite une grande émulation. Ce sera un moment pour poser les bases de votre changement, de votre évolution ou de votre réorientation. Ce sera aussi un moment d'opportunités, de possibilités, de rencontres bénéfiques et constructives.

Pendant cette période, évitez autant que faire se peut de spéculer, de faire des investissements, des transactions ; bref, prudence dans le domaine de vos finances, histoire de ne pas déraper et d'en faire un facteur de déstabilisation ou une source de stress.

Votre ciel bonne forme

Ce qu'il va falloir gérer chez vous, natifs Taureau, c'est votre stress ! Ce truc qui vous donne des nœuds dans le ventre, des « tournicotis » dans la tête, des bouderies avec Morphée, des verres d'eau pleins de tempête, des petits cailloux dans vos émotions, toutes ces petites choses qui viennent troubler vos moments de sérénité et vous polluent les neurones.

Plusieurs pistes pour dénouer, ranger le petit vélo du cerveau, apaiser les tempêtes, en sortant cette énergie polluante. Comment ? Dans un endroit privatif, prenez la position du boxeur et frappez avec force un punching-ball invisible, d'un poing et puis de l'autre, en alternance, finissez par quelques respirations profondes. Cet exercice permet de faire baisser le taux d'énergies polluantes sans diminuer votre combativité.

Pour appeler Morphée de tous vos vœux, enlever les petits cailloux.

Sur un tampon de coton à placer sur votre table de nuit, posez une goutte d'huiles essentielles de lavande, de géranium rosat, de camomille, d'ylang-ylang. Elles diffuseront des senteurs apaisantes et calmantes qui appellent le sommeil. Faites aussi quelques respirations profondes en faisant le vide dans votre tête et Morphée vous emportera au pays des rêves.

Horoscope

GÉMEAUX (21 mai – 21 juin)

Votre ciel de 2021

Une partition en deux temps ! D'un côté un domaine relationnel pétillant et, de l'autre, un domaine professionnel plan-plan. Une bonne chose ? Pas vraiment quand on connaît votre tempérament qui n'aime pas la routine.

Trois périodes demandent votre prudence et votre retenue : février, juin et octobre. Ce sont des moments où vos neurones se mettent en goguette, vos énergies pédalent dans la choucroute, votre humeur est à prendre avec des pincettes !

Votre ciel relationnel

Selon votre génération, les couleurs relationnelles varient en intensité, en vivacité, en amplitude. Les jeunes générations, pleines de fougue et de passion, vivent leurs amours à bras le corps mais ne les conjuguent pas en mode durable. Les quadragénaires traversent une zone rock and roll. Je me rapproche, je m'éloigne, je fais trois petits tours et je reviens… Ambiance variable et variée pour couple en recherche d'un nouveau souffle. Les générations plus matures, un peu écornées par la vie, apprécient une relation apaisée, aiment goûter aux félicités de l'amour tendre.

Votre période anniversaire sera virevoltante sur le plan relationnel amical, vous serez très sollicité(e) avec le risque d'être surbooké(e). Et si vous êtes en « cœurvalescence », cette période sera émoustillante, vos yeux retrouvant leur petite lueur de malice, amorçant un renouveau sentimental ; il ne manquera qu'un petit plus coquin.

Horoscope

Votre ciel professionnel et financier

Une ambiance professionnelle toute en retenue, on pourrait presque parler de routine, même si vous n'aimez pas ce côté plan-plan et que ça peut indirectement vous mettre les nerfs en pelote. C'est que l'ambiance est plutôt studieuse !

Alors, plutôt que de piétiner dans la routine, laissez-vous guider par votre curiosité. Cette année est propice à enrichir vos connaissances et compétences par un apprentissage, une formation, par des lectures ou tout ce qui peut alimenter et occuper vos neurones.

En juin, ce domaine professionnel reçoit la visite d'un mentor céleste, un coucou rapide mais efficace. Il vient vous inviter à la patience, à étoffer vos connaissances. Lorsqu'il reviendra les derniers jours de décembre, il vous ouvrira les portes du renouveau professionnel.

Vous pourriez rencontrer des contrariétés administratives et/ou des fragilités financières en février, juin et octobre. Donc prudence et retenue !

Votre ciel bonne forme

La forme, vous l'avez, la trépidation en plus ! Ces mouvements d'humeur, ces envolées grincheuses, trouvent leurs causes dans une vie professionnelle peu émoustillante. Donc, pour préserver votre capital forme sans l'écraser sous les brumes d'humeur maussade, dégagez le trop-plein dans des exercices physiques. Un jogging matinal vous ferait le plus grand bien et vous préparerait pour la journée. Si vous ne pouvez faire un jogging à l'extérieur, faites-le à l'intérieur. Ouvrez grand votre fenêtre, faites quelques respirations profondes : inspirez en ouvrant grand les bras pour déployer vos poumons, expirez en ramenant vos bras comme si vous applaudissiez. Recommencez 3 ou 5 fois. Ensuite, courez sur place en variant votre vitesse. À la fin de votre « course », refaites quelques respirations, comme expliqué ci-avant.

Une bouffée d'énervement dans la journée ? Isolez-vous dans un endroit privatif, fermer vos poings et marteler énergiquement sur un tambour imaginaire. À la fin, respirez comme un petit chien. Ensuite, buvez un grand verre d'eau pour éliminer les toxines.

Horoscope

CANCER (22 juin – 22 juillet)

Votre ciel de 2021

Voyons comment vous allez frayer votre chemin cette année !

Un chemin escarpé par des banderilles qui viennent d'en face. Ce seront surtout les troisièmes décans qui seront les plus exposés à ces chutes de météorites célestes. Et selon les rencontres célestes, elles seront dures, coriaces, capricieuses, corsées, rebelles, contrariantes, tendres, coquines, fragiles… un patchwork d'états d'être qui mettront votre concentration et vos émotions à rude épreuve.

Votre ciel relationnel

On pourrait comparer la traversée de cette année à celle d'un voilier sur les mers. Des périodes de calme, de mer d'huile, sans vent, où l'on se bronze le corps et le cœur à siroter les roucoulades et autres petites mignardises. Si votre cœur est à prendre, il se laissera courtiser et séduire. Si votre cœur est déjà pris, ce sera en duo harmonieux.

Dans les périodes de grandes marées de mars, avril, août et septembre, il faudra vous accrocher au bastingage ! Un vent décoiffant soufflera sur ce domaine qui risque d'emporter les relations fragiles et/ou fragilisées ou, à l'inverse, de vous pousser quelqu'un dans les bras. Pour vous dire que ce sont des périodes pendant lesquelles vos émotions seront tourneboulées. Ces aspects affecteront plus particulièrement les natif(ve)s des premier et deuxième décans des années 75 à 80.

Votre refuge cette année est le giron familial, un environnement chaleureux et accueillant, si d'aventure, vous vous noyez dans un verre d'eau !

Votre ciel professionnel et financier

Un début d'année fourmillante, vous êtes sur tous les coups, prêt(e) à aider, à épauler, avec de bonnes idées, des solutions pour les problèmes ; votre énergie est inépuisable. Ensuite, cette énergie s'apaise, devient vitesse de croisière.

Le bémol de cette année, c'est l'organisation. Un domaine qui n'est déjà pas votre tasse de thé, qui provoquera quelques couacs désagréables, mais pas catastrophiques, rien que votre charme naturel ne puisse gommer. Si vous deviez mettre l'accent sur un paramètre, c'est bien celui-ci. Cela vous sera également très utile pour une meilleure gestion de vos finances. De garder la mesure, surtout de la mi-juin jusqu'à la fin août, période où vous risquez de succomber aux tentations diverses et variées.

Votre ciel bonne forme

Votre forme accompagne la sinusoïde de vos émotions, tantôt en pleine forme, tantôt en baisse de forme. Dans les moments de pleine forme, profitez-en pour mettre en chantier les tâches que vous souhaitez accomplir. Veillez cependant à bien l'entretenir en ajoutant 2 gouttes d'huiles essentielles de citron à votre gel douche, ça ravigote !

Dans les moments de baisse de forme, voici un petit truc pour entretenir ou réveiller votre concentration. Vous pouvez le faire même au bureau, avant un rendez-vous ou simplement pour vous recentrer. Prenez conscience de votre respiration, vos pieds sont bien à plat au sol, aucun membre croisé. Du bout des doigts ou de la paume des mains sur les yeux fermés, faites de petites pressions légères. Ensuite, glissez vos doigts vers vos tempes et faites de petits mouvements circulaires. « Baignez-vous » dans de la couleur, des odeurs, des ambiances qui vous font plaisir.

Pour vous « réveiller », tapotez des poings sur le haut de la tête et ensuite du plat des mains, tapotez vos fesses.

Horoscope

LION (23 juillet – 22 août)

Votre ciel de 2021

Des conversations très animées dans votre ciel vous tiendront en éveil, vos neurones seront proactifs ; rarement, vous serez pris(e) au dépourvu.

Cette dynamique sera très utile pour aborder votre domaine professionnel. C'est essentiellement sur ce terrain que se porteront votre attention et vos énergies.

Prudence et vigilance pendant les lunaisons estivales (autour des 24/07 et 22/08), elles vous nimbent d'un voile de brume peu confortable.

Votre ciel relationnel

Vous êtes très axé(e) sur votre domaine professionnel. Celui-ci est, en quelque sorte, votre havre de repos, votre zone de ressourcement, votre petit coin de douceur.

Souvent, votre entourage vous reprochera votre trop grande implication dans le travail, réduisant d'autant les moments personnels et familiaux. C'est la période qui veut ça, mais vous aurez à cœur d'en faire des moments de qualité. Suivez l'adage « les petits cadeaux entretiennent l'amour », autant de petites attentions sur le chemin de son cœur et des témoins de votre attachement.

Juin, juillet, septembre et octobre sont des moments où les portes de votre cœur s'entrouvrent pour certain(e)s ou s'ouvrent pour d'autres, propice à vous bronzer le cœur. Pour les célibataires, c'est une zone récréative, votre manière de traverser cette année laborieuse.

Votre ciel professionnel et financier

Si vous avez des fourmis dans les jambes et dans vos neurones, cette année vous ira comme un gant ! Les premiers et deuxièmes décans sont plus particulièrement concernés, les troisièmes sont encore à l'abri tout en étant vigilants.

Vous aurez, à l'une ou l'autre occasion, la possibilité de poser des jalons, de marquer votre empreinte, de vous positionner sur l'échiquier professionnel. Pour certain(e)s, cela se traduit par un avancement, la possibilité de faire une formation ou un apprentissage, une amélioration de vos ressources financières… tout ce qui va dans le sens de votre évolution.

Si vous envisagez un changement ou une réorientation professionnelle, d'entreprendre de nouveaux projets, le moment est propice pour les mettre en œuvre. Vous avez dans votre ciel un « parrain » ouvreur de porte, bien qu'il soit un peu paresseux de la fin juin à la mi-octobre… Attention, nonchalant mais pas oisif ! Il veut simplement tester votre détermination.

Votre ciel bonne forme

Votre réserve d'énergie est inépuisable ! C'est plutôt une bonne chose quand on vous sait surbooké(e).

Donc, vous n'aurez pas beaucoup de temps pour prendre soin de vous. Voici quelques astuces qui vous permettront de garder la forme, de l'entretenir sans une grande dépense de temps.

Le matin, pour faire le plein de bonnes énergies, un smoothie bonne forme : mixez au blender un jus d'orange ou de pamplemousse avec 1 banane, ½ mangue (même congelée), du sirop d'érable selon votre goût, un cube de racine de gingembre, ajouter 3 cuillères à soupe de muesli nature (en magasin diététique).

Si vous avez besoin de décharger un trop-plein d'énergie : isolez-vous quelques minutes. Concentrez-vous sur votre respiration, contractez tous vos muscles, bloquez votre respiration quelques secondes et relâchez complètement en rejetant l'air des poumons. Répétez plusieurs fois. Ensuite visualisez un endroit douillet et ressentez vos sensations. Ce petit exercice est également pertinent pour prendre un peu de recul sur ce qui s'est passé ou va se passer.

VIERGE (23 août – 22 septembre)

Votre ciel de 2021

Si vous espériez une année calme et paisible, attendez-vous à une année active, remuante, laborieuse, entreprenante, changeante…

Une synergie planétaire anime votre ciel et, donc, anime votre vie. Cette synergie souffle un vent tourbillonnant, ce qui ne manquera pas de vous donner des « tournicotis » dans la tête et des nœuds dans le ventre. Une synergie accélératrice de neurones : vos idées fusent, votre curiosité est en éveil.

Votre ciel relationnel

Troisièmes décans, cette année oscille entre passion et désamour, votre cœur fait des loopings à vous donner le tournis. Votre « amouroscope » bringuebale et met votre stress à rude épreuve. Vous devriez plutôt voir la coupe à moitié pleine et apprécier les petits plaisirs de la vie, d'autant qu'une collusion planétaire occasionnera un grand trouble dès le début de l'année. Les natif(ve)s de fin des années 70 seront plus particulièrement exposé(e)s.

La période des vacances sera amoureuse. Vous pourrez surfer sur la vague de vos émotions, vous prélasser au creux de ses bras, goûter aux plaisirs simples et chaleureux. Cette ambiance renforce ou réveille les relations déjà construites, elle prédispose les célibataires à la rencontre.

Les relations avec votre environnement tant familial qu'amical sont empreintes de douceur, de fraternité, d'empathie, de présence affectueuse.

Horoscope

Votre ciel professionnel et financier

Dans ce domaine, vous serez comme une petite Vierge dans son cabinet de curiosités ! Vous êtes curieuse de tout, vos neurones ont besoin d'être nourris. Cette année est studieuse, propice aux apprentissages, aux formations, aux études à poursuivre ou reprendre, à but professionnel ou tout simplement pour votre plaisir.

En début d'année, une poignée de planètes lance une poignée de dés sur votre échiquier professionnel, mais pas au hasard. C'est une stratégie bien orchestrée pour faire avancer vos pions dans des cases à responsabilités pour certain(e)s, des cases à CDI pour d'autres, des cases nouveau job pour d'autres. En avril et mai, d'autres ami(e)s célestes se donnent rendez-vous et se mettent au travail pour vous faciliter la vie et/ou vous donner un coup de pouce.

Prudence en février, juin et fin septembre dans tout ce qui touche à votre vie matérielle !

Votre ciel bonne forme

Vous êtes doté(e) d'une forme cinq étoiles. Très utile pour faire face à vos activités diverses et variées.

Grosse effervescence dans vos neurones qui vous tient éveillé(e) : donc, des nuits courtes, un besoin de bouger, d'être en activité ; bref, vous ne tenez pas vraiment en place, on peut même parfois parler de boulimie d'activité.

Voici quelques petites choses pour vous aider à trouver une certaine sérénité.

Un geste Do'in (pression sur des points d'acupuncture) pour apaiser votre mental toujours en effervescence et passer de bonnes nuits. Dans la soirée, posez vos pouces sur le dessus de vos oreilles, remontez vos index jusqu'au sommet du crâne, faites de légères pressions. Recommencez 5 à 6 fois. Vous pouvez faire ce geste également avant un rendez-vous stressant afin de vous éclaircir les idées et apaiser votre tension.

Avant le coucher, douchez les extrémités des bras (mains) et des jambes (pieds) à l'eau froide. Ensuite, massez légèrement vos doigts et vos orteils. Partez de la racine du doigt ou de l'orteil et massez en remontant vers l'extrémité, comme si vous vidiez un tube de pommade. Cela a pour effet d'évacuer les énergies stagnantes et d'améliorer la circulation.

Horoscope

BALANCE

(23 septembre – 22 octobre)

Votre ciel de 2021

La romantique petite Balance que vous êtes sera au comble de ses émotions. Vous abordez une année émoustillante côté cœur. Ça ne veut pas dire que vous êtes toutes et tous sous les mêmes auspices, il y a des variantes selon votre génération.

Côté travail, votre ciel est paisible, tranquille. Votre situation est stable, limite routinière. Quelques petits remous en février-mars et mai-juin, histoire de ne pas vous engourdir.

Votre ciel relationnel

Les jeunes générations découvrent les premiers émois, les premiers baisers, les premiers chagrins. Vous apprenez qu'amour ne rime pas avec toujours.

Les trentenaires découvrent les joies et les exaltations de la vie à deux, découvrent aussi l'envers du décor, toute médaille a son revers.

Les quadras, entre une vie confortable et répondre au réveil des émotions, votre cœur balance. Pour certain(e)s, vous renforcez et reconduisez votre engagement, donnant plus d'ampleur à votre relation. Pour d'autres, l'usure et la fatigue auront raison d'une fragilité qui s'est insidieusement installée au fil des ans. Vous reprenez votre liberté pour l'offrir à quelqu'un d'autre.

Les natif(ve)s des années « post-baby-boom » découvrent à nouveau des émotions qu'elles et ils avaient reléguées au chapitre des souvenirs. *« Souvenirs, souvenirs, je vous retrouve dans mon cœur, et vous faites fleurir tous mes rêves de bonheur… »*, dit la chanson. Vous aussi, vos souvenirs reviennent dans votre cœur pour votre plus grand bonheur. Mais attention, pas un retour d'amour, mais la découverte d'un nouvel amour.

Horoscope

Votre ciel professionnel et financier

Globalement, côté travail, le climat est serein. L'une ou l'autre période est plus active, plus stimulante, période où le vent vous pousse, histoire de rester vigilant(e) et ne pas vous endormir.

Si vous avez des démarches à entreprendre, des recherches à faire, des entretiens, des concours ou des examens à passer et si vous le pouvez, choisissez de le faire en février-mars et mai-juin, autant que faire se peut. Votre ciel professionnel reçoit des visites qui vous ouvrent les portes de la réussite et/ou d'un contrat.

Dans votre mois anniversaire, quelques difficultés administratives et/ou des retards de courrier contrarieront aussi votre humeur.

Votre ciel bonne forme

Attention à la fatigue, aux coups de pompe, coups de mou, coups de cafard, coups de ras-le-bol ! C'est un état d'être qui peut vous prendre par surprise.

Les grandes marées de la mi-mars et de la mi-avril seront aussi très fatigantes, vous êtes sensible aux variations de pression qui mettent vos nerfs en pelote ou font virer votre sensibilité à la sensiblerie.

Voici des petits trucs pour vous détendre après un moment de tension et/ou vous aider à trouver le sommeil. Confortablement assis(e) ou allongé(e) sur votre lit, faites des respirations abdominales sur un rythme lent. Posez les mains sur le ventre en exerçant une légère pression à l'expiration, relâchez à l'inspiration. Dans le même temps, visualisez des images bucoliques ou celles qui vous font plaisir.

Au bureau, laissez tomber les bras et faites des moulinets avec vos mains dans un sens, puis dans l'autre ; ensuite, massez la paume d'une main avec le pouce de l'autre, changez de main. Sous votre bureau, tendez les jambes, faites des moulinets avec vos pieds dans un sens, puis dans le sens inverse.

Pour stimuler votre attention, coude sur la table ou bureau, posez votre tête dans la paume de vos mains ; avec le majeur, massez la base du crâne, à l'endroit de l'articulation avec la colonne vertébrale, par petits cercles, dans un sens, puis dans l'autre.

SCORPION

(23 octobre – 21 novembre)

Votre ciel de 2021

Les pieds sur terre et la tête dans les étoiles, vous traversez cette année tant bien que mal, sautant ou contournant les obstacles, relevant les défis, répondant aux challenges que la vie vous propose.

Un ami dans votre ciel vous guide dans ces méandres, vous pousse, au besoin, et vous offre souvent des opportunités. Des ami(e)s viendront l'accompagner dans ses facéties et autres tribulations ou, de façon plus raisonnable, vous mettront du plomb dans vos neurones.

La Nouvelle Lune de novembre sera particulièrement décoiffante !

Votre ciel relationnel

Pour vivre heureux, vivons caché(e), c'est votre adage cette année. Pas que vous soyez mystérieux(se), vous préférez tout simplement mettre vos amours à l'abri dans votre chaumière et y couler des moments délicieux et voluptueux. Les jeunes générations et celle des baby-boomers profitent de ce ciel de douceur, de poésie, d'amour. On peut dire que vos amours vont bien.

Un climat plus délicat pour les natif(ve)s autour des années 80. Des projets se font, se défont, se refont, un ciel variable, parfois avec de l'orage, du vent ébouriffant, de la pluie ; mais rassurez-vous, le ciel ne vous tombera pas sur la tête !

Plus contrasté dans vos relations familiales et/ou amicales. Ce sont vos amours qui donneront le diapason, parfois avec distance quand tout va bien, parfois plus complice quand ça chahute dans votre cœur.

Votre ciel professionnel et financier

Vous aurez bien besoin de votre ami céleste pour vous éviter de trébucher sur les écueils ou de glisser dans les méandres. Ce domaine est à rebondissements, à virages, à opportunités, à évolution.

Côté boulot, votre situation est en place et si ce n'est pas le cas, mai et juillet sont des périodes pour asseoir votre place ou vous asseoir à votre place... Ce sont aussi des moments où vous aurez des opportunités pour donner plus d'ampleur à votre situation. Soyez prudent(e) lors de la Nouvelle Lune de novembre, elle est très agitée et influencera vos humeurs qui seront alors à prendre avec des pincettes...

Le dénominateur commun transgénérationnel est la curiosité d'apprendre, d'explorer des domaines encore inconnus, qu'ils soient plus intellectuels, spirituels et même manuels. Apprendre, c'est ce qui vous motive.

Attention à tout ce qui touche aux finances ! Ne vous engagez pas inconsidérément, vous vous réserveriez des fins de mois difficiles.

Votre ciel bonne forme

Bonne forme, bon tonus, dynamique, énergie, force, ardeur, intensité, fougue, sont les différentes facettes de votre état d'être. Vous êtes « alimenté(e) » par le biais de divers canaux célestes qui s'accordent pour vous donner cette bonne mine. Une énergie qui, parfois, déborde lors de certaines lunaisons ; votre humeur sera grincheuse, susceptible, contrariante, vous serez de mauvais poil.

Dans ces moments-là, rien de tel que de vous caresser dans le sens du poil !!! Relaxant, voluptueux, revigorant, décontractant, voici quelques petites recettes. La base est la même : une huile végétale comme l'huile d'amande douce, l'huile de noyaux d'abricot, de l'huile de coton, dans laquelle vous ajoutez des huiles essentielles.

Relaxant : pour un flacon de 50 ml, ajouter 20 gouttes de lavande vraie, 20 gouttes de géranium rosat, 20 gouttes de niaouli, 20 gouttes de verveine ou cajeput, compléter avec l'huile végétale de votre choix.

Voluptueux : pour un flacon de 50 ml, ajouter 20 gouttes de rose de Damas, 10 gouttes d'ylang-ylang, 10 gouttes de palmarosa, 20 gouttes de géranium Bourbon, complétez avec l'huile végétale de votre choix.

Décontractant : pour un flacon de 50 ml, mélangez 20 gouttes de genévrier, 20 gouttes de poivre noir, 20 gouttes de romarin à camphre. Puis, complétez avec de l'huile d'arnica et du macérât de millepertuis.

SAGITTAIRE

(22 novembre – 21 décembre)

Votre ciel de 2021

Une année dichotomique, deux couleurs différentes ! Un secteur « petit nuage » calme, paisible, tranquille ; un secteur « arène » fiévreux, en effervescence, en ébullition.

Deux versants qui vous permettent de faire la part des choses, de préserver un secteur et bien exploiter l'autre. Par exemple, lorsque vous rentrez après une journée de labeur, laissez vos soucis au vestiaire et profitez pleinement de votre *home, sweet home*.

Votre ciel relationnel

C'est le côté « petit nuage » calme, paisible, tranquille, le repos du guerrier, le petit coin de vie pour se ressourcer et recharger ses accus.

Un point d'orgue dans ce beau ciel bleu, mars et avril, roucoulades et autres petites mignardises pour les célibataires ou celles et ceux qui aimeraient emprunter des sentiers plus bucoliques et profiter du moment qui passe. Le « plus si affinité » va en surprendre plus d'un(e), la désinvolture s'évapore et devient projets et engagements.

Des sentiers qu'emprunteront aussi les couples qui souhaitent renforcer leurs liens, réveiller une lassitude ou sortir du piège des habitudes pour redonner des couleurs à leurs amours.

Vous pourrez aussi compter sur des amis calmes et paisibles pour certain(e)s ou plus fêtards, plus rock and roll ; d'autre part, ce sera selon votre humeur ou vos envies, selon que vous aimerez vous reposer ou vous distraire.

Horoscope

Votre ciel professionnel et financier

Premiers et deuxièmes décans, ça bouge et vous aimez ça ! Surtout quand vous êtes le pilote de votre embarcation.

Pour certains, cela se traduira par une émancipation des dictats et un envol vers de nouveaux projets, de nouvelles destinations. Les générations 2.0, qui ont des projets plein leurs cartons, se défendront bec et ongles pour emprunter la route du succès.

Les natif(ve)s autour des années 80 – surtout si le Verseau est votre ascendant –, celles et ceux déjà plus ancrés, prendront leur indépendance pour œuvrer à leurs propres destinées. Cette année est particulièrement propice à cet envol. Les autres natif(ve)s assureront leurs arrières et négocieront ce virage plus en douceur.

Attention, les troisièmes décans, aux dérapages incontrôlés sur le plan financier !!! Évitez les spéculations et mettez en pratique l'adage « tout ce qui brille n'est pas or » ! Tournez aussi sept fois votre réflexion dans votre tête avant de délier votre bourse.

Votre ciel bonne forme

Un bon équilibre de votre forme. Action et agitation d'un côté, repos et farniente de l'autre, dépenses d'énergie et ressourcement, une dichotomie qui trouve son équilibre. Votre monture vous conduit à bon port.

Si quelque chose peut vous aider à entretenir cette bonne forme, c'est la respiration. Donc, des promenades au grand air, sur des chemins de campagnes, dans les bois, au bord de l'eau ou tout simplement dans un parc vous feront le plus grand bien. Privilégiez aussi la marche à pied pour les petits déplacements.

Voici de quoi démarrer une journée en pleine forme : faites le « Tarzan » devant votre fenêtre grande ouverte. Prenez une grande inspiration et expirez en tapant sur votre cage thoracique avec les poings fermés. Si vous en avez l'occasion, émettez un cri dans l'expiration. Ce geste réactive vos énergies. En cas de « coup de barre », vous pouvez le faire dans un endroit privatif.

Et pour nettoyer et tonifier votre organisme, prenez chaque matin un verre d'eau avec le jus d'un demi-citron.

Horoscope

CAPRICORNE

(22 décembre – 20 janvier) 

Votre ciel de 2021

Une bonne période pour faire peau neuve en ce qui concerne les troisièmes décans ; les autres gambadent allègrement sur les sentiers de la vie. Votre visiteur céleste termine son travail de rénovation avant d'aller titiller votre voisin.

Tant que vous l'avez encore sous la main, profitez-en pour changer ce qui doit être changé, faire évoluer ce qui doit évoluer, évacuer ce qui doit être évacué. Pas simple comme mission, mais c'est la vôtre, si vous l'acceptez !

Votre ciel relationnel

Le grand huit ou les montagnes russes, si vous préférez ! Votre cœur fera des bonds, des petits, des grands, des cabrioles, des loopings, des roulés-boulés et autres roulades… et un coup de maladresse, patatras, c'est la culbute ! Et ce qui est fissuré peut se briser !

Quelle que soit votre situation, engagé(e) ou célibataire, une rencontre fortuite mettra vos émotions en pagaille. Troubles et chamboulements vous agitent et vous prenez votre billet pour le grand huit ! Une vraie planche à savon pour la ou le raisonnable que vous êtes. Un petit coquin céleste s'amuse à vous titiller le cœur. Il y aura quelques banderilles à la mi-janvier, histoire de donner le « la ». D'autres viendront en avril et mai, en octobre et novembre, c'est dans vos émotions qu'il y aura de grandes marées !!!

Heureusement que vous pouvez trouver une oreille attentive dans votre environnement familial et/ou amical. Vous y trouvez attention et compréhension, chaleur et bienveillance.

Horoscope

Votre ciel professionnel et financier

Côté boulot, ça va.

Horizontalement avec vos collègues, verticalement avec votre hiérarchie, les relations sont bonnes, empreintes de confiance, sobres, réservées.

C'est aussi avec sobriété et réserve que vous œuvrez avec efficacité. Vous êtes la personne sur qui on peut compter, et toujours avec discrétion. Certain(e)s d'entre vous se consacreront à un apprentissage, une formation, des études, à but professionnel ou personnel. C'est votre façon de garder un pied dans une réalité pragmatique. Bien que vous ayez une petite idée derrière la tête pour le but professionnel, une anticipation pour un moment qui viendra à point lorsque la conjoncture s'y prêtera.

Côté finances, vous êtes docteur Prodigue et mister Picsou. Du style « Quand j'ai des sous, je les dépense » ; et puis, a contrario, « Je me serre la ceinture ». C'est vous dire que vos finances vont aussi faire des loopings…

Votre ciel bonne forme

Vous pouvez compter sur une bonne forme, votre moteur est bien alimenté. Mais, les loopings côté des sentiments vous déconcentrent et/ou mettent la tête à l'envers ; donc, pour la remettre à l'endroit et vous recentrer, voici un exercice que vous pouvez faire n'importe où et n'importe quand.

Prenez appui sur vos coudes et prenez votre visage dans les mains. Prenez conscience de votre respiration quelques instants. En partant d'un point au milieu du front à la base des cheveux, massez par petits gestes circulaires avec l'index et le majeur. Toujours en massant, glissez vers les tempes, insistez quelques instants. Glissez vers le départ des arcades sourcilières, descendez vers l'arête du nez jusqu'à son extrémité, insistez sur les ailes du nez. Du bout des doigts, massez un point dans le creux que forment le menton et la lèvre inférieure. Pétrissez votre menton et remontez en pétrissant vers les points d'accrochage de la mâchoire, insistez. Entre le pouce et l'index, malaxez le lobe de l'oreille et remontez le long du pavillon. Toujours avec le pouce et l'index, contournez les yeux comme pour dessiner des lunettes. Terminez en massant du bout du majeur un point situé sur la pommette, deux doigts sous le milieu des yeux.

VERSEAU (21 janvier – 18 février)

Votre ciel de 2021

Les pieds sur terre et la tête pas vraiment sur les épaules !!! Sérieux et désinvolture, entre les deux, vous naviguez allégrement.

Des retournements d'état d'être surprendront votre entourage, qui ne saura pas vraiment sur quel pied vous dansez. Donc, ne vous étonnez pas si certain(e)s prennent un peu de distance ou vous regardent en spectateur, c'est que vous désarçonnez, vous embarrassez, vous surprenez.

Votre ciel relationnel

Vous vous promenez dans ce domaine avec délice et ravissement, le nez en l'air, la tête dans les étoiles et le cœur en bandoulière. Votre charme opère.

Vous avez l'œil coquin, l'âme canaille ; de coup de cœur en coup de foudre, vous vagabondez sur les sentiers de l'amour. Selon les résonances avec votre configuration natale, certain(e)s convoleront, d'autres s'envoleront !

Les natif(ve)s du troisième décan auront des moments de doute, particulièrement dans la période pré-estivale. Des vagues de nostalgie vous envahissent et assombrissent votre ciel. Profitez d'un passage pétillant pour redonner de la malice à votre humeur.

Un vent dissonant souffle sur vos relations familiales, quelques fausses notes émailleront cette année. Évitez les réunions lors des grandes marées de la mi-octobre. Une humeur qui fait des cabrioles autour de la Pleine Lune autour du 24 juillet et la Pleine Lune autour du 22 août.

Votre ciel professionnel et financier

Une saine ambition vous anime. Vous avez une certaine appétence, pour ne pas dire un appétit certain, pour faire évoluer votre situation, pour lui donner plus d'ampleur, plus de lustre, plus de reconnaissance. Vous pouvez compter sur des soutiens célestes pour y prétendre. Cela se traduit au minimum par une consolidation de votre situation, par un avancement, une responsabilisation, un contrat à durée dans le temps, une réussite dans vos entreprises et projets.

Et comme un petit coup de pouce n'est pas à négliger, vous pouvez compter sur un ami qui vous veut du bien, il a des clés qui ouvrent des portes.

Sur le plan financier, vous êtes plutôt panier percé, vous semez à tout vent et par tous les temps ! Fièvre acheteuse, générosité, une prodigalité qui risque fort de vous mettre dans des draps délicats. Pour éviter les dérapages non contrôlés, mettez-vous des oursins dans les poches !

Votre ciel bonne forme

Des hauts, des bas, des variations de forme et de tonus émaillent cette année. Et on ne peut pas stocker ses excédents d'énergie pour les moments de creux. Comment harmoniser ces énergies ? Par une hygiène de vie et des exercices de respiration.

Optez pour une diététique en relation avec votre sinusoïde de forme. Dans les moments de trop-plein d'énergie, éviter les aliments riches en sucres rapides, les épices, les aliments gras, l'alcool. Optez pour les légumes, les fromages – le fromage est un aliment yin, il refroidit l'organisme –, les viandes blanches, certains poissons.

Dans les moments de baisse de forme, privilégiez les aliments riches en sucres lents (le pain complet, les pâtes…), les épices énergisantes (ginseng, gingembre, poivre…), la viande rouge, les fruits vitaminés (kiwi, orange, mangue…), les poissons gras (saumon, sardine…).

Prenez l'habitude de faire des exercices respiratoires le matin au réveil, ça relance la mécanique du corps. Devant votre fenêtre ouverte, faites le « Tarzan » ! Prenez une grande inspiration en déployant les bras et expirez en tapant sur votre cage thoracique avec les poings fermés. Si vous en avez l'occasion, émettez un cri lors de l'expiration. Ce geste réactive vos énergies. En cas de « coup de barre », vous pouvez le faire dans un endroit privatif.

Horoscope

POISSONS

(19 février – 20 mars)

Votre ciel de 2021

Une année en mode mineur ! Une année sur un ton calme, paisible, tranquille. Bien quelques remous par-ci, par-là, juste de quoi vous tenir éveillé(e) en amour et ne pas vous endormir sur vos lauriers professionnels.

Vous êtes la discrétion incarnée. Vous passez dans cette année sur la pointe des pieds, évanescent(e), sans faire de bruit. C'est que, pour vivre heureux, mieux vaut vivre caché(e), cet adage est votre leitmotiv.

Votre ciel relationnel

Les grandes marées de la mi-mars entraîneront des remous jusque dans votre âme. Votre monde émotionnel est chamboulé, tout en confusion, vous surfez sur des vagues de brume et vous vous promenez sur votre petit nuage. La période est propice à la rencontre, sauf, bien sûr, si vous êtes déjà en couple, mais il y aura quand même un petit pincement.

Souvent, on vous verra la tête dans les nuages, une distraction sympathique qui vous donne bonne mine et l'œil pétillant. C'est que vous en tirez des plans sur la comète ! Sur la comète, ce sera le cas pour certain(e)s ; pour d'autres, ces plans prendront forme au fil des mois qui passent. Comment le savoir ? En écoutant votre petite voix intérieure.

Pour celles et ceux qui n'ont pas d'amoureux à bichonner, vous cultiverez les relations avec vos proches, familles, amis, collègues. À des degrés divers, ce sont vos cercles de relations dans lesquels vous aimez vous plonger en toute tendresse.

Votre ciel professionnel et financier

Attention à votre domaine financier !!! Une zone à ne pas perdre de vue, une zone à gérer avec pragmatisme et c'est votre talon d'Achille cette année. Vous devez donc redoubler de prudence et bien vous poser la question de ce qui est utile et ce qui est futile.

Côté boulot, tout va bien, ça tournicote bien, vous êtes sur une mer d'huile et ça vous convient bien. Le climat calme vous conduit jusqu'en milieu d'année. Ensuite, quelqu'un là-haut vous réveille, secoue vos prétentions gentiment et en douceur, mais avec détermination. Pour vous dire aussi que jusqu'à fin mai, inutile de vous agiter, vous ferez des ronds dans l'eau.

La deuxième période de l'année sera plus énergique, plus déterminée, plus occupée. Fini, le farniente ! Votre attention est requise, des opportunités frappent à votre porte. Il vous sera possible de vous associer ou de collaborer sur un projet, de travailler en synergie ou en réseau ; en fait, vous avancerez dans le travail, mais pas seul(e) !

Votre ciel bonne forme

Votre sport favori cette année, c'est la bulle ! La bulle, les doigts de pieds en éventail au bord d'une piscine, en bord de mer ; et s'il y a des cocotiers en plus, vos sens sont au comble de la félicité.

Mais bon, il y a le quotidien à gérer et c'est moins plaisant. Donc ménagez-vous des « zones sacrées » pour vous lover dans votre bulle à faire des bulles ou pour buller. Faites-vous un spa, un hammam, quelques brasses à la piscine, promenez-vous au bord de l'eau. Faites des massages aux huiles essentielles dans les senteurs de vos envies.

Au bureau, pour vous détendre, discrètement, tirez vos deux oreilles vers le haut, prenez-les ensuite en mains et froissez-les comme du papier. Ensuite, tirez les lobes de l'oreille vers le bas, avec l'index, massez l'oreille en suivant la géographie du pavillon. Puis, faites une coque avec vos mains et écoutez la mer.

Si vous avez besoin de vous ancrer dans l'instant, posez vos pieds bien à plat au sol, faites bouger vos orteils comme si vous vouliez racler le sol. Vous pouvez aussi visualiser des racines s'enfonçant dans le sol et ressentir la sève qui monte dans vos jambes. Cette « méditation » a pour but de vous recentrer et de vous ancrer dans le présent.

SOLUTIONS DES JEUX

Carrés magiques

p. 20

6	10	2
8	3	7
4	5	9

p. 82

4	8	3
9	1	5
2	6	7

p. 42

17	23	24	5	11
6	12	18	19	25
20	26	7	13	14
9	15	21	27	8
28	4	10	16	22

p. 102

15	21	27	8	9
28	4	10	16	22
11	17	23	24	5
19	25	6	12	18
7	13	14	20	26

p. 62

50	64	7	13	34	32	23	45
57	11	4	62	41	43	20	30
60	54	17	3	28	38	49	19
63	5	10	56	31	21	42	40
15	53	58	8	47	37	26	24
12	6	65	51	44	22	33	35
9	59	52	14	25	27	36	46
2	16	55	61	18	48	39	29

p. 124

52	18	13	59	20	50	29	43
15	57	54	16	47	25	22	48
58	60	19	5	42	28	35	37
17	55	56	14	49	39	24	30
65	7	8	62	33	23	40	46
10	12	67	53	26	44	51	21
63	9	6	64	31	41	38	32
4	66	61	11	36	34	45	27

Carrés magiques

p. 144

1	14	11	8
12	7	2	13
6	9	16	3
15	4	5	10

p. 208

3	17	12	10
14	8	5	15
9	11	18	4
16	6	7	13

p. 168

39	7	8	30	25	26
32	9	13	23	27	31
10	11	33	28	29	24
37	38	6	19	20	15
5	36	40	14	18	22
12	34	35	21	16	17

p. 228

6	10	32	24	28	23
4	35	9	22	26	27
11	3	34	29	21	25
38	30	7	20	12	16
31	8	36	13	17	18
33	37	5	15	19	14

p. 188

5	60	17	64	37	44	33	32
19	62	7	58	35	46	39	26
8	57	68	13	24	25	52	45
18	63	54	11	50	31	38	27
66	15	6	59	34	47	22	43
56	9	20	61	40	41	36	29
67	14	55	10	51	30	23	42
53	12	65	16	21	28	49	48

p. 250

52	17	62	11	20	49	30	43
66	55	8	13	50	39	24	29
9	60	19	54	41	28	35	38
63	58	5	16	47	42	21	32
15	10	53	64	31	26	37	48
57	12	67	6	25	44	51	22
18	7	56	61	34	23	40	45
4	65	14	59	36	33	46	27

Carrés magiques

p. 270

3	16	6	17
10	13	7	12
15	4	18	5
14	9	11	8

p. 332

2	9	12	15
13	14	3	8
7	4	17	10
16	11	6	5

p. 292

44	52	11	12	20	28	36
27	35	43	51	10	18	19
17	25	26	34	42	50	9
49	8	16	24	32	33	41
39	40	48	7	15	23	31
22	30	38	46	47	6	14
5	13	21	29	37	45	53

p. 352

25	33	41	49	8	16	24
15	23	31	32	40	48	7
47	6	14	22	30	38	39
37	45	46	5	13	21	29
20	28	36	44	52	4	12
10	11	19	27	35	43	51
42	50	9	17	18	26	34

p. 310

30	38	46	47	6	14	22
13	21	29	37	45	53	5
52	11	12	20	28	36	44
35	43	51	10	18	19	27
25	26	34	42	50	9	17
8	16	24	32	33	41	49
40	48	7	15	23	31	39

p. 374

38	46	47	6	14	22	30
9	17	25	26	34	42	50
29	37	45	53	5	13	21
49	8	16	24	32	33	41
20	28	36	44	52	11	12
40	48	7	15	23	31	39
18	19	27	35	43	51	10

Carrés magiques

p. 392

2	57	14	61	34	25	46	29
64	11	4	55	32	43	36	23
5	54	65	10	37	38	33	26
63	12	3	56	31	44	19	40
15	60	51	8	47	28	35	24
53	6	17	58	21	22	49	42
16	59	52	7	48	27	20	39
50	9	62	13	18	41	30	45

p. 414

50	63	8	13	34	31	24	45
9	12	51	62	41	44	19	30
11	6	65	52	27	22	49	36
64	5	58	7	48	37	26	23
16	53	10	55	32	21	42	39
59	54	17	4	43	38	33	20
57	60	3	14	25	28	35	46
2	15	56	61	18	47	40	29

Solutions des mots mêlés

Mots mêlés Activités finissant par « iste » p. 38

.	.	.	E	.	.	.	.	.	E	T	S	I	M	O	N	O	C	E	.
.	.	.	G	T	.	.	.	.	.	.	.	.	.	.	.	.	E	T	.
P	.	.	R	.	S	.	E	T	S	I	D	R	A	D	N	A	T	S	.
.	A	.	O	.	G	I	.	.	.	.	.	.	.	E	.	.	S	I	.
.	.	Y	S	.	.	A	T	.	.	.	.	.	.	T	.	.	I	M	.
.	.	.	S	.	E	.	L	U	.	.	.	.	.	S	.	.	G	I	.
.	.	.	I	A	.	T	.	E	L	.	.	.	.	I	.	C	I	H	.
.	.	.	S	.	G	.	S	.	R	F	.	.	.	R	.	A	P	C	.
.	.	.	T	.	.	I	.	I	.	I	.	.	.	U	.	V	.	.	.
.	.	.	E	.	.	.	S	.	G	A	S	.	.	T	.	I	.	.	.
.	.	.	.	.	.	.	.	T	R	A	.	T	.	L	.	S	.	.	.
A	F	F	I	C	H	I	S	T	E	V	R	.	E	U	.	T	.	V	.
.	.	.	.	.	.	E	I	.	.	.	I	A	.	C	.	E	O	.	.
.	.	.	.	.	.	S	B	.	.	.	.	S	G	.	.	Y	.	.	.
.	.	.	.	.	T	.	.	E	.	.	.	.	A	.	A	.	.	.	.
.	.	.	.	E	.	.	.	.	N	E	T	S	I	G	O	L	O	I	B
.	J	U	R	I	S	T	E	.	.	I	.	.	I	.	I	.	.	.	.
.	.	.	.	.	.	.	.	.	.	.	S	S	.	.	.	S	.	.	.
F	L	E	U	R	I	S	T	E	.	.	T	T	.	.	.	.	T	.	.
.	E	T	S	I	G	A	L	A	T	E	.	.	E	.	.	.	.	E	.

Mots mêlés Animaux disparus p. 72

.	.	.	T	.	.	.	.	.	B	O	I	D	A	E	.	.	.	.	.
M	.	.	A	.	.	.	.	.	.	.	N	.	.	.	.	.	.	.	.
.	E	.	R	T	O	U	R	T	E	H	E	.	.	.	.	.	.	Q	.
.	.	G	P	.	.	.	.	.	T	.	S	.	.	.	.	.	U	.	.
.	.	.	A	.	.	.	.	U	.	A	O	.	.	.	.	A	.	.	.
.	.	.	N	L	.	.	O	.	U	.	P	.	.	.	G	.	.	.	.
.	M	.	.	.	A	M	.	R	.	.	H	.	.	G	R	.	.	S	.
.	.	O	.	.	M	D	O	.	.	.	O	.	A	.	I	.	.	T	.
.	.	.	A	A	.	C	A	.	.	.	N	.	.	.	Z	.	.	E	.
.	.	.	M	.	H	.	.	P	.	.	T	.	.	.	Z	.	.	G	.
.	.	.	.	S	.	.	E	.	I	.	I	.	.	.	L	E	.	O	.
.	.	.	.	.	.	.	.	T	.	S	D	.	.	.	Y	L	.	D	.
T	H	Y	L	A	C	I	N	E	T	.	A	.	.	.	.	A	.	O	.
.	.	.	.	.	.	.	.	.	.	E	E	.	.	.	.	B	.	N	.
.	.	.	.	D	O	D	O	.	.	.	G	.	.	.	.	U	.	.	.
.	.	.	.	.	.	.	.	.	.	.	.	U	.	.	.	B	.	.	.
.	.	.	.	.	.	.	.	.	.	.	.	.	O	.	.	.	.	.	.
.	.	.	.	.	.	.	.	.	.	.	.	.	.	R	.	.	.	.	.
.	.	.	.	.	.	.	.	.	.	.	.	.	.	.	.	.	.	.	.
.	.	.	.	.	.	.	.	.	.	.	.	.	.	.	.	.	.	.	.

Solutions des mots mêlés

Mots mêlés Animaux polaires p. 118

.	.	.	.	.	.	.	.	.	.	.	.	.	.	.	.	.	.	.	.
.	.	.	.	.	.	.	A	E	.	.	.	E	N	R	E	T	S	.	.
.	.	.	.	.	.	.	G	I	.	.	.	.	.	.	.	.	.	.	.
.	.	.	.	.	E	.	U	R	.	.	.	.	.	.	.	.	.	.	.
.	.	.	.	.	U	.	L	A	.	.	G	N	I	M	M	E	L	.	.
P	.	.	.	.	Q	.	E	T	.	.	.	.	.	L	.	.	.	.	.
H	.	.	.	.	S	.	B	O	.	T	O	H	C	N	A	M	.	.	.
O	.	.	.	.	U	.	.	.	.	.	.	.	.	.	R	V	L	.	.
Q	.	.	.	.	M	.	.	.	.	.	.	.	.	E	.	O	R	.	.
U	.	.	.	.	F	.	.	.	.	.	.	.	M	.	U	P	.	A	.
E	.	.	.	.	U	.	.	.	.	.	.	E	.	P	I	.	.	.	N
.	.	E	R	V	E	I	L	.	O	.	D	.	A	N	.	.	.	.	.
.	.	.	.	.	O	.	.	U	.	N	.	R	G	.	.	H	.	.	.
E	N	N	E	R	B	.	R	.	O	.	C	O	.	M	A	.	.	.	.
.	.	.	.	.	.	S	.	I	.	T	U	.	O	R	.	.	.	.	.
.	.	.	.	.	.	.	L	.	I	I	.	R	F	E	.	.	.	.	.
.	.	.	.	.	.	.	.	Q	N	.	S	A	.	N	.	.	.	.	.
E	N	I	E	L	A	B	U	.	.	E	N	.	.	A	.	.	.	.	.
.	.	.	.	.	.	E	.	.	.	G	.	.	.	R	.	.	.	.	.
.	.	.	.	.	.	.	.	.	.	.	.	.	.	D	.	.	.	.	.

Mots mêlés Bateaux et embarcations p. 160

.	.	.	.	E	.	.	.	.	.	.	.	.	.	.	.	.	.	.	.
.	.	E	C	H	A	L	O	U	P	E	.	.	.	.	.	.	.	.	.
.	.	U	.	C	.	.	.	.	.	.	P	I	R	O	G	U	E	.	.
.	.	Q	.	I	.	.	.	.	.	.	.	.	.	.	.	.	.	.	.
.	.	N	.	N	E	T	T	E	L	E	O	G	.	.	.	.	.	.	.
.	.	O	.	E	.	C	.	.	.	.	.	.	.	.	.	.	T	.	.
.	.	J	.	P	.	H	.	.	E	T	A	G	E	R	F	.	O	.	.
B	A	R	G	E	.	A	.	.	.	.	.	.	.	.	.	.	B	.	.
.	.	.	.	.	.	L	E	.	.	.	.	C	.	O	.	.	E	.	.
.	.	.	.	.	.	U	L	.	.	.	A	.	.	P	.	.	U	.	.
B	.	.	.	.	.	T	L	.	.	T	.	D	.	T	.	.	Q	.	E
A	T	.	.	.	.	I	E	.	A	.	R	.	.	I	.	.	A	.	L
R	.	R	.	.	.	E	V	M	.	A	.	.	.	M	.	.	P	.	O
Q	.	.	I	.	.	R	A	.	K	.	.	.	.	I	.	.	.	.	D
U	.	.	.	M	.	R	R	K	.	.	.	.	.	S	.	.	.	.	N
E	.	.	.	.	A	.	A	.	.	.	.	.	.	T	.	.	.	.	O
.	.	.	.	N	.	R	C	A	N	O	E	.	.	E	R	E	L	A	G
.	.	.	C	U	I	R	A	S	S	E	.	.	.	.	.	.	.	.	.
.	.	T	H	C	A	Y	.	N	.	.	.	.	.	.	.	.	.	.	.
.	.	.	.	.	.	.	.	.	.	.	.	.	.	.	.	.	.	.	.

Solutions des mots mêlés

Mots mêlés États américains p. 200

.	.	.	.	G	N	I	M	O	Y	W	.	.	U	.	.	.	.	.	.
.	.	.	.	.	.	.	.	.	.	.	.	.	.	T	.	.	.	.	.
.	H	N	E	V	A	D	A	.	.	.	.	.	.	.	A	.	.	.	.
.	A	A	R	I	Z	O	N	A	.	.	.	.	.	.	.	H	.	.	.
.	W	.	.	E	.	.	.	.	.	.	.	.	.	.	P	.	.	.	.
.	A	.	.	D	.	M	A	S	S	A	C	H	U	S	E	T	T	S	.
.	I	.	.	I	.	.	.	.	.	.	.	.	.	.	N	.	.	.	.
.	.	.	C	R	.	.	S	I	O	N	I	L	L	I	N	A	.	.	.
.	.	.	.	O	.	L	.	.	.	V	.	.	.	.	S	M	.	N	.
.	.	.	.	L	L	.	O	.	.	.	E	.	.	.	Y	A	.	O	.
.	.	.	.	F	.	O	.	U	.	.	.	R	.	.	L	B	E	G	.
.	.	.	.	.	.	.	R	.	I	.	.	.	M	.	V	A	I	E	.
E	I	N	I	G	R	I	V	A	K	S	A	L	A	O	A	L	N	R	.
.	.	.	.	T	.	.	.	.	D	.	I	.	.	.	N	A	R	O	.
.	.	.	.	E	.	.	.	.	.	O	.	A	.	.	I	T	O	.	.
.	.	.	.	X	.	.	.	.	.	.	.	.	N	.	E	.	F	.	.
.	.	.	.	A	M	O	H	A	L	K	O	.	.	E	.	.	I	.	.
.	.	.	.	S	.	.	.	.	.	.	.	.	.	.	.	.	L	.	.
.	.	.	.	.	.	.	.	.	.	.	.	.	.	.	.	.	A	.	.
.	.	.	I	N	D	I	A	N	A	.	.	.	.	.	.	.	C	.	.

Mots mêlés Fleurs p. 242

.	.	.	.	.	.	.	.	.	.	.	.	J	A	C	I	N	T	H	E
R	E	N	O	N	C	U	L	E	.	.	.	.	.	.	.	.	.	.	.
.	.	.	.	.	.	.	.	.	.	.	.	.	.	.	.	.	.	.	.
.	.	C	L	E	M	A	T	I	T	E	.	.	.	.	.	.	.	.	.
N	I	G	E	L	L	E	.	H	O	R	T	E	N	S	I	A	.	.	.
E	S	S	I	C	R	A	N	.	.	T	O	U	R	N	E	S	O	L	.
.	.	.	U	.	.	E	D	N	A	V	A	L	.	U	.	D	.	.	.
.	.	.	G	E	E	L	L	I	H	C	A	.	C	.	A	.	.	.	.
.	.	.	.	.	.	.	.	.	.	.	.	A	.	H	.	.	.	.	.
.	.	E	.	.	.	L	U	E	I	A	L	G	L	.	.	.	.	.	.
.	.	N	.	.	.	.	S	.	B	Y	S	I	R	I	.	.	.	.	.
.	.	O	.	.	.	.	.	C	P	E	A	.	.	.	.	M	.	.	.
.	.	M	.	.	.	.	.	T	A	.	G	.	.	.	.	U	.	.	.
.	.	E	.	.	.	.	U	.	.	B	.	O	.	.	.	N	.	.	.
.	.	N	.	.	.	S	.	.	.	.	I	.	N	.	.	R	.	.	.
.	.	A	.	.	.	.	.	.	.	.	.	E	.	I	.	U	.	.	.
.	E	N	I	R	O	H	P	M	Y	S	.	.	U	.	A	B	.	.	.
.	.	.	.	.	.	.	.	.	.	.	.	.	.	S	.	I	.	.	.
.	.	.	.	.	.	S	A	L	I	L	.	.	.	.	E	V	.	.	.
.	.	.	.	.	.	.	.	.	.	.	.	.	.	.	.	.	.	.	.

Solutions des mots mêlés

Mots mêlés Instruments et outils de dessins et peinture p. 280

.	P	.	.	.	.	C	O	U	T	E	A	U	.	.	.	.	.	.	.
.	A	.	.	S	.	.	.	.	.	T	E	L	A	V	E	H	C	.	.
.	P	.	.	.	N	P	.	.	.	F	U	S	A	I	N	.	.	.	.
.	I	.	.	.	.	O	I	.	.	P	I	N	C	E	.	.	.	.	.
.	E	.	.	.	.	.	Y	G	.	.	A	Q	U	A	R	E	L	L	E
.	R	.	.	.	.	E	.	A	M	C	.	.	.	.	.	.	.	.	.
.	S	.	.	.	N	.	.	.	R	E	.	.	.	.	.	.	.	.	.
.	.	.	.	C	.	.	E	Y	.	C	N	.	.	.	.	.	.	X	.
.	.	.	R	.	.	.	L	P	.	.	.	T	.	.	.	.	.	U	.
.	.	E	.	.	.	I	.	.	M	G	.	.	.	.	.	.	.	A	.
.	S	.	.	.	Q	.	.	.	.	O	.	.	.	.	P	.	.	E	.
.	.	L	.	U	.	.	.	T	.	M	T	.	.	.	A	.	.	C	.
.	.	.	E	.	.	.	.	O	S	M	.	S	.	.	L	.	.	N	.
.	.	.	.	T	.	.	.	I	.	E	.	.	E	.	E	.	.	I	.
.	.	.	.	.	S	P	.	L	E	C	H	.	.	.	T	.	.	P	.
.	.	.	.	.	L	A	.	E	.	R	.	C	.	.	T	.	.	.	.
.	.	.	.	U	.	.	P	.	.	A	D	.	A	.	E	.	.	.	.
.	.	.	M	.	.	.	.	.	.	I	.	A	.	U	.	.	.	.	.
.	.	E	.	.	.	.	.	.	.	E	.	.	C	.	O	.	.	.	.
.	.	.	.	.	.	.	.	.	.	S	.	.	.	.	.	G	.	.	.

Mots mêlés Les prénoms des héros de séries télévisées p. 322

.	.	.	K	.	.	.	.	.	N	E	G	A	N	J	.	.	.	.	.
.	.	.	C	.	.	.	R	.	.	.	.	.	.	O	.	.	.	.	.
.	.	.	I	.	.	.	.	E	.	L	A	B	I	N	N	A	H	.	.
.	.	.	R	.	.	.	.	.	T	.	.	.	.	.	.	.	.	.	.
.	.	.	.	E	.	.	.	.	.	X	.	.	G	.	.	.	.	S	.
.	.	.	.	.	T	.	.	.	.	.	E	.	.	H	.	.	.	P	.
.	.	.	.	.	.	L	.	.	.	F	.	D	.	L	O	C	.	O	.
.	.	.	.	.	.	.	A	.	.	.	R	.	.	U	H	S	.	C	.
.	.	.	.	S	.	.	.	W	.	.	.	A	.	A	.	.	T	K	.
.	.	.	.	.	U	.	.	.	.	L	.	.	N	S	.	.	A	.	.
.	.	.	.	.	.	C	.	.	.	.	Y	D	.	K	.	.	N	.	.
.	.	.	.	.	.	R	A	C	H	E	L	R	.	.	.	.	A	.	.
.	.	.	.	.	S	.	.	T	.	E	E	.	A	.	.	.	D	E	.
.	.	.	.	.	Y	.	.	.	R	.	.	I	.	D	.	.	I	.	.
.	.	.	.	.	R	.	.	.	.	A	.	.	K	.	.	R	.	.	.
.	.	.	.	.	E	.	.	.	.	.	P	.	.	O	R	.	.	.	.
.	.	.	R	A	N	G	A	R	.	.	.	S	.	A	O	.	.	.	.
.	.	.	.	.	E	.	.	B	E	T	T	Y	C	.	.	S	.	.	.
.	.	.	.	.	A	.	.	.	.	.	.	.	.	.	.	.	.	.	.
.	.	.	.	.	D	.	.	.	.	.	.	.	.	.	.	.	.	.	.

Solutions des mots mêlés

Mots mêlés Oracle de Belline p. 360

.	C	H	A	N	G	E	M	E	N	T	.	E	.	.	.	.	.	.	.
.	.	.	.	.	.	.	.	E	T	I	L	A	T	A	F	.	.	.	.
.	E	.	.	.	.	.	E	N	N	E	M	I	S	D	.	.	.	.	.
.	T	.	.	.	.	E	.	.	V	.	.	.	E	.	.	E	.	.	.
.	I	.	.	.	.	.	T	A	.	.	.	S	.	.	L	.	.	S	.
.	V	.	.	.	.	.	T	R	.	.	T	.	.	L	.	.	E	.	I
.	I	.	B	.	.	I	.	.	E	I	.	.	E	.	.	S	.	N	.
.	T	.	E	E	O	.	.	.	N	V	.	V	.	.	I	.	C	.	.
T	A	.	A	N	C	.	.	E	.	.	U	.	.	R	.	O	T	.	.
R	N	.	U	E	.	N	E	.	.	O	.	O	P	.	N	.	R	.	E
A	.	.	T	M	.	.	E	.	N	.	.	E	C	S	.	.	A	.	T
P	.	.	E	S	.	.	.	G	.	.	R	.	T	E	.	.	H	.	I
E	.	.	.	I	.	.	.	.	I	T	.	A	.	.	D	A	I	.	S
D	.	.	.	T	.	.	.	.	N	L	N	.	.	.	M	.	S	.	S
.	.	.	.	O	.	.	.	E	.	C	L	.	.	O	.	.	O	.	U
.	.	.	.	P	.	.	.	.	E	.	.	E	U	.	.	.	N	.	E
.	.	.	.	S	N	O	I	S	S	A	P	R	T	.	.	.	.	.	R
.	.	.	.	E	.	.	T	N	E	G	R	A	.	N	.	.	.	.	.
.	.	.	.	D	.	.	.	.	.	.	.	.	.	.	I	.	.	.	.
.	.	.	.	.	.	.	.	.	M	A	L	A	D	I	E	.	.	.	.

Mots mêlés Personnages de bandes dessinées p. 402

.	.	.	.	.	.	A	C	H	I	L	L	E	.	.	.	.	.	.	.
.	R	.	.	.	.	.	.	.	.	.	.	.	.	E	.	.	.	.	.
.	A	.	.	.	F	.	U	O	S	C	I	P	.	.	L	.	.	.	.
.	N	.	.	I	L	.	.	.	.	.	.	.	.	.	.	E	.	.	.
.	T	.	P	.	E	.	.	.	.	.	.	.	.	.	.	.	D	.	.
.	A	.	.	.	M	S	C	H	T	R	O	U	M	P	F	.	.	A	.
.	N	.	.	.	A	.	.	.	.	.	.	.	.	.	.	.	.	.	.
.	P	.	.	.	G	M	A	R	S	U	P	I	L	A	M	I	.	.	.
.	L	.	.	.	R	.	.	.	.	.	O	B	E	L	I	X	.	.	.
.	A	.	.	.	A	.	.	.	A	G	R	I	P	P	I	N	E	.	.
.	N	.	.	.	G	.	A	.	.	.	.	.	N	.	.	.	.	.	.
.	.	.	.	.	.	.	S	D	.	P	.	.	.	A	.	.	.	.	G
N	.	.	.	.	.	N	.	.	L	L	.	.	T	.	Z	.	.	A	.
A	.	A	.	.	O	.	.	.	.	A	.	.	.	I	N	R	S	.	.
H	.	.	S	O	.	U	.	.	.	C	F	.	.	I	T	T	A	.	.
A	.	.	P	T	O	.	.	.	.	I	.	A	T	.	O	E	.	T	.
R	.	Y	.	R	E	.	.	.	.	D	.	N	M	N	.	.	U	.	.
.	.	.	I	.	.	R	.	.	.	.	I	.	.	.	.	.	.	F	.
.	.	P	.	.	.	.	I	.	.	T	.	.	.	.	.	.	.	.	.
.	S	.	.	.	.	.	.	X	.	.	.	.	.	.	.	.	.	.	.

Solutions des mots mêlés

Mots mêlés Plantes et fleurs toxiques p. 444

.	.	N	.	.	.	.	.	.	.	E	.	.	D	.	.	.	.	.	.
.	.	O	N	E	M	A	L	C	Y	C	N	.	.	A	.	.	.	.	.
.	.	R	T	E	U	G	U	M	.	.	C	O	.	.	T	X	.	.	.
B	.	D	L	I	E	R	R	E	.	.	O	.	Y	.	.	U	.	.	.
E	.	N	.	.	.	.	.	.	.	.	L	.	.	R	.	O	R	.	.
L	.	E	.	.	.	.	.	.	R	.	C	.	.	.	B	H	.	A	.
L	.	D	.	.	R	.	.	.	.	E	H	.	.	.	.	.	.	.	.
A	.	O	.	.	.	I	.	.	.	.	I	C	.	.	.	.	.	.	.
D	.	D	.	E	.	.	C	A	.	I	Q	L	A	.	.	.	.	.	.
O	.	O	.	.	L	.	.	I	I	.	U	.	F	L	.	.	.	.	.
N	.	H	.	.	.	O	.	.	N	T	E	G	.	U	A	.	.	.	.
E	.	R	.	.	.	.	E	.	.	E	T	.	.	.	M	D	.	.	.
.	.	.	.	.	.	.	.	V	.	.	.	E	.	.	.	.	I	.	.
.	.	.	.	.	.	.	.	.	I	.	.	.	S	.	.	.	.	U	E
.	.	.	.	.	.	.	.	.	.	N	.	.	.	N	.	.	.	I	M
.	.	.	N	O	R	D	N	E	D	O	L	I	H	P	I	.	L	.	.
.	.	.	D	I	E	F	F	E	N	B	A	C	H	I	A	O	.	.	.
.	.	L	U	P	I	N	.	.	.	.	.	.	.	.	C	.	P	.	.
.	.	.	.	.	.	.	.	.	.	.	.	.	.	N	.	.	.	.	.
C	L	E	M	A	T	I	T	E	S	.	.	.	A	.	.	.	.	.	.

Mots mêlés Polices p. 482

.	.	Y	.	.	.	.	.	.	.	.	R	E	G	I	T	U	R	F	.
.	.	.	R	M	U	A	B	L	A	W	.	.	T	.	D	.	.	.	.
.	B	.	F	U	T	U	R	A	.	.	.	.	A	.	.	I	.	.	.
.	O	.	.	.	T	.	L	.	.	.	.	.	I	.	.	.	D	.	.
.	O	.	U	.	.	N	L	.	.	.	.	.	U	.	.	.	B	O	.
.	K	.	N	.	.	S	E	M	I	T	.	.	G	.	N	.	A	.	T
.	M	.	I	.	.	.	W	C	.	.	.	.	N	.	O	.	S	.	.
.	A	.	V	.	.	.	K	.	.	.	.	.	E	.	S	.	K	.	.
.	N	.	E	.	.	.	C	.	.	.	.	O	B	.	N	.	E	.	.
.	.	.	R	.	.	.	O	.	.	.	.	.	N	.	A	.	R	.	.
.	.	.	S	.	.	.	R	B	.	.	.	.	.	I	J	.	V	.	.
.	.	.	.	.	.	.	.	O	.	.	.	.	.	.	T	.	I	.	.
.	.	.	.	.	.	.	Y	D	U	O	G	.	.	.	.	A	L	.	.
.	.	.	G	A	R	A	M	O	N	D	.	.	.	.	L	.	L	.	.
.	.	.	.	.	.	.	.	N	N	O	L	S	A	C	U	.	E	A	.
.	.	.	.	.	.	.	.	I	.	.	.	.	.	M	C	.	.	.	P
.	.	.	.	.	.	.	.	.	.	.	.	.	.	.	I	.	.	.	.
.	.	.	.	A	C	I	T	E	V	L	E	H	.	.	D	T	.	.	.
.	.	.	.	.	.	.	.	.	.	.	.	.	.	.	A	.	P	.	.
.	.	.	.	.	.	.	.	.	.	.	.	.	.	.	.	.	.	O	.

Solutions des mots mêlés

Mots mêlés Prénoms mixtes p. 520

.	.	.	N	.	.	T	.	.	.	.	A	.	.	.	.	.	.	.	.
.	.	.	E	.	.	.	E	.	.	.	.	L	O	I	S	U	O	L	.
.	.	.	D	.	.	.	.	K	.	.	.	S	I	.	.	.	.	.	.
.	.	.	E	.	.	.	.	.	R	.	W	.	K	X	.	.	.	.	.
.	.	.	.	.	.	.	.	.	A	A	.	I	.	.	.	.	.	.	.
M	.	.	.	.	.	.	.	.	N	E	M	.	.	.	.	.	.	.	.
A	.	.	.	.	.	.	.	N	.	.	R	.	.	.	.	.	.	.	.
E	.	.	.	.	.	.	.	.	.	.	.	D	.	.	.	.	.	.	.
C	H	A	R	L	I	E	.	.	.	.	.	.	N	.	.	.	.	.	.
.	.	.	.	.	.	.	.	.	E	.	.	.	.	A	.	.	.	.	.
.	.	.	.	.	C	.	.	.	.	U	.	.	.	.	N	O	A	.	.
.	.	.	.	.	.	A	.	.	E	.	Q	.	L	.	.	.	.	.	.
.	.	.	.	.	.	A	M	N	.	.	.	I	.	O	.	.	.	.	.
.	L	.	.	.	H	.	A	I	E	.	.	.	N	A	R	.	.	W	.
.	E	.	.	C	.	O	.	.	L	.	.	.	N	I	.	S	E	I	.
.	A	.	A	.	L	.	.	.	L	L	.	G	.	.	M	D	.	S	.
.	Y	S	.	T	H	A	I	S	E	.	E	.	.	.	U	O	.	S	.
.	.	.	.	.	.	.	.	.	.	.	.	.	.	A	.	.	D	E	.
.	L	O	U	I	S	O	N	Y	D	A	M	.	L	.	.	.	.	M	.
.	.	.	.	.	.	.	.	.	.	.	.	C	.	.	.	.	.	.	.

Mots mêlés Prix Nobel de la paix p. 556

.	.	.	.	.	.	.	.	D	.	.	.	.	.	.	G	.	.	.	.
.	.	.	.	.	.	.	A	.	S	U	N	U	Y	.	.	O	.	.	.
.	.	.	Y	.	.	R	.	.	.	.	.	.	.	.	.	.	R	.	.
.	.	.	S	O	U	.	.	.	.	.	.	.	.	.	.	.	.	E	.
.	.	.	A	M	U	.	.	.	.	.	.	.	.	.	.	.	.	.	.
.	.	.	N	A	.	S	.	T	R	I	M	B	L	E	.	.	.	.	.
.	.	.	T	A	.	.	A	.	.	.	.	.	A	H	M	E	D	.	.
A	.	.	O	T	M	.	X	F	.	.	.	.	.	.	.	.	.	.	.
H	.	.	S	H	.	R	I	.	Z	.	A	.	.	.	.	.	.	.	.
T	.	.	.	A	.	.	A	.	.	A	.	N	.	.	.	.	.	.	.
I	.	.	.	I	.	.	O	K	.	C	I	.	N	.	.	.	.	.	.
S	.	.	.	.	.	.	B	.	.	A	.	.	.	A	.	.	.	.	.
A	.	.	.	.	.	.	O	.	.	R	.	.	.	.	N	.	.	.	.
A	I	D	A	B	E	.	.	.	.	T	.	.	.	.	.	.	.	.	.
R	.	M	U	K	W	E	G	E	.	E	.	.	.	.	.	.	.	.	.
I	.	H	U	M	E	.	.	.	.	R	.	.	.	.	.	.	.	.	.
I	H	T	R	A	Y	T	A	S	.	.	.	.	.	E	E	W	O	B	G
.	.	.	.	.	.	.	.	.	.	.	.	.	.	.	.	.	.	.	.
.	.	.	.	.	.	.	.	.	.	.	.	.	.	.	.	.	.	.	.
.	.	.	.	O	B	A	M	A	.	.	.	.	.	.	.	.	.	.	.

Solutions des mots mêlés

Mots mêlés Sous-vêtements p. 570

.	.	.	.	D	E	S	H	A	B	I	L	L	E	.	.	.	.	.	.
.	.	.	.	.	.	.	.	.	.	.	.	.	.	.	.	.	.	.	.
.	.	.	T	.	.	.	.	.	C	A	L	E	C	O	N	.	.	.	.
P	.	S	A	.	.	.	.	.	.	.	.	.	.	.	.	.	.	.	.
I	.	H	N	B	.	.	.	.	.	.	.	.	.	.	.	.	.	.	B
L	.	O	G	O	O	.	.	.	.	.	.	.	.	.	.	.	.	R	.
S	.	R	A	X	.	C	.	.	.	.	J	.	.	.	.	.	A	.	.
S	.	T	.	E	.	G	A	I	N	E	A	.	.	.	.	S	.	.	.
T	.	Y	.	R	.	.	.	R	.	.	R	.	.	.	S	.	.	.	.
N	.	.	.	.	.	.	.	.	A	.	R	.	.	I	.	.	.	.	.
A	.	.	.	.	.	.	.	.	.	C	E	.	E	.	.	.	.	T	E
L	.	.	.	.	R	.	.	.	.	.	T	R	.	.	.	.	.	O	T
L	.	.	.	.	.	E	.	.	.	.	E	.	.	.	N	.	G	L	T
O	.	.	.	.	.	.	I	.	.	.	L	.	.	.	U	.	U	L	O
C	.	.	.	.	.	.	.	T	.	.	L	.	.	.	I	.	E	I	L
.	.	.	.	.	.	.	.	.	S	.	E	.	.	.	S	Y	P	A	U
.	.	B	A	S	T	R	I	N	G	U	S	.	.	.	E	D	I	M	C
.	.	.	.	.	.	.	.	.	.	.	B	.	.	.	T	O	E	.	.
.	.	.	.	.	.	.	.	.	.	.	.	.	.	.	T	B	R	.	.
.	.	.	.	.	.	.	.	.	.	.	.	.	.	.	E	.	E	.	.

Solutions des sudokus

Sudoku p. 27

1	8	5	4	2	9	6	3	7
4	9	3	6	5	7	1	2	8
6	2	7	3	1	8	4	9	5
5	1	8	2	7	4	3	6	9
7	4	6	9	8	3	2	5	1
2	3	9	1	6	5	8	7	4
3	5	1	8	9	2	7	4	6
9	6	2	7	4	1	5	8	3
8	7	4	5	3	6	9	1	2

Sudoku p. 55

8	3	4	5	9	7	2	6	1
1	7	5	6	4	2	8	9	3
6	2	9	8	3	1	4	5	7
9	8	3	2	7	6	1	4	5
2	6	1	9	5	4	7	3	8
4	5	7	1	8	3	9	2	6
5	9	6	4	1	8	3	7	2
7	4	8	3	2	5	6	1	9
3	1	2	7	6	9	5	8	4

Sudoku p. 87

6	7	5	1	8	3	2	4	9
8	2	1	6	9	4	5	3	7
9	3	4	5	7	2	8	6	1
1	8	6	3	5	9	4	7	2
5	4	7	2	1	8	6	9	3
2	9	3	7	4	6	1	5	8
4	6	2	8	3	7	9	1	5
3	1	9	4	2	5	7	8	6
7	5	8	9	6	1	3	2	4

Sudoku p. 107

1	8	2	4	6	3	7	5	9
6	3	5	9	7	1	8	2	4
9	4	7	8	5	2	6	1	3
4	6	8	1	9	5	3	7	2
3	5	1	7	2	4	9	8	6
2	7	9	3	8	6	5	4	1
7	9	3	2	1	8	4	6	5
8	2	6	5	4	9	1	3	7
5	1	4	6	3	7	2	9	8

Sudoku p. 137

4	6	2	7	3	9	8	5	1
9	1	8	5	2	4	7	3	6
7	5	3	8	1	6	2	4	9
8	3	1	4	6	7	9	2	5
6	7	5	2	9	8	3	1	4
2	9	4	3	5	1	6	8	7
5	4	7	9	8	2	1	6	3
3	2	6	1	7	5	4	9	8
1	8	9	6	4	3	5	7	2

Sudoku p. 155

8	9	2	1	5	6	4	7	3
6	3	4	9	2	7	8	5	1
1	5	7	4	8	3	2	9	6
7	4	5	6	1	2	3	8	9
9	2	1	3	7	8	6	4	5
3	8	6	5	4	9	1	2	7
4	6	9	2	3	5	7	1	8
5	1	8	7	6	4	9	3	2
2	7	3	8	9	1	5	6	4

Solutions des sudokus

Sudoku p. 187

6	8	4	1	3	2	9	7	5
9	7	3	4	5	8	6	1	2
5	1	2	9	6	7	3	4	8
2	5	9	6	8	1	4	3	7
8	3	1	7	4	9	5	2	6
4	6	7	3	2	5	1	8	9
7	9	6	2	1	3	8	5	4
3	4	5	8	7	6	2	9	1
1	2	8	5	9	4	7	6	3

Sudoku p. 213

9	4	2	3	8	6	5	1	7
5	8	1	4	7	9	6	3	2
7	3	6	2	1	5	8	9	4
1	5	8	6	2	3	4	7	9
6	7	4	5	9	1	2	8	3
3	2	9	7	4	8	1	5	6
8	6	5	9	3	4	7	2	1
2	1	3	8	6	7	9	4	5
4	9	7	1	5	2	3	6	8

Sudoku p. 239

1	8	9	4	3	2	5	7	6
6	4	7	5	1	9	3	2	8
3	2	5	8	6	7	9	1	4
2	9	4	1	7	6	8	5	3
8	1	6	3	5	4	7	9	2
5	7	3	9	2	8	4	6	1
7	6	8	2	9	3	1	4	5
9	3	1	6	4	5	2	8	7
4	5	2	7	8	1	6	3	9

Sudoku p. 265

4	2	1	5	6	8	7	3	9
5	7	9	1	2	3	8	4	6
3	8	6	4	7	9	5	1	2
1	9	3	8	5	2	4	6	7
2	5	4	6	1	7	9	8	3
8	6	7	3	9	4	2	5	1
9	1	8	7	4	6	3	2	5
7	3	5	2	8	1	6	9	4
6	4	2	9	3	5	1	7	8

Sudoku p. 291

1	5	2	3	6	9	7	4	8
6	3	7	8	1	4	2	5	9
9	4	8	5	7	2	6	3	1
8	1	5	6	2	3	9	7	4
7	2	9	4	8	5	1	6	3
4	6	3	1	9	7	8	2	5
5	8	6	7	3	1	4	9	2
2	7	4	9	5	8	3	1	6
3	9	1	2	4	6	5	8	7

Sudoku p. 317

6	4	3	1	9	5	8	7	2
8	9	1	7	2	4	5	3	6
2	7	5	6	3	8	9	4	1
3	2	8	9	4	6	7	1	5
9	5	7	3	8	1	6	2	4
1	6	4	5	7	2	3	9	8
5	8	9	4	1	3	2	6	7
7	1	2	8	6	9	4	5	3
4	3	6	2	5	7	1	8	9

Solutions des sudokus

Sudoku p. 343

8	1	2	3	7	4	9	6	5
7	5	6	9	2	8	4	3	1
4	9	3	6	1	5	2	8	7
9	8	4	1	6	2	5	7	3
1	3	7	5	4	9	8	2	6
2	6	5	8	3	7	1	4	9
5	2	9	7	8	6	3	1	4
6	4	1	2	5	3	7	9	8
3	7	8	4	9	1	6	5	2

Sudoku p. 371

3	1	7	9	8	6	4	5	2
5	6	8	2	7	4	9	1	3
2	9	4	3	1	5	6	7	8
1	2	6	4	9	7	8	3	5
7	5	9	8	2	3	1	6	4
8	4	3	5	6	1	2	9	7
6	8	2	7	5	9	3	4	1
4	7	1	6	3	8	5	2	9
9	3	5	1	4	2	7	8	6

Sudoku p. 397

4	5	6	8	7	3	1	2	9
8	7	2	6	9	1	4	3	5
3	9	1	5	2	4	8	6	7
2	4	5	1	3	9	7	8	6
9	6	7	4	5	8	2	1	3
1	8	3	7	6	2	5	9	4
7	2	9	3	8	5	6	4	1
6	3	4	2	1	7	9	5	8
5	1	8	9	4	6	3	7	2

Sudoku p. 421

8	7	1	6	9	5	3	4	2
6	3	2	4	8	7	9	5	1
5	9	4	3	1	2	7	8	6
2	5	7	9	3	8	6	1	4
9	6	8	7	4	1	5	2	3
1	4	3	5	2	6	8	9	7
7	1	5	2	6	9	4	3	8
3	2	9	8	7	4	1	6	5
4	8	6	1	5	3	2	7	9

Sudoku p. 449

7	8	9	1	4	2	3	5	6
1	4	2	3	5	6	7	8	9
3	5	6	7	8	9	1	4	2
2	9	5	4	3	7	8	6	1
6	1	3	8	9	5	4	2	7
4	7	8	6	2	1	9	3	5
5	2	4	9	7	8	6	1	3
8	6	7	5	1	3	2	9	4
9	3	1	2	6	4	5	7	8

Sudoku p. 473

6	2	9	7	8	1	3	4	5
7	5	8	6	3	4	9	1	2
4	1	3	2	5	9	6	7	8
9	7	2	5	4	6	1	8	3
8	6	4	1	2	3	7	5	9
1	3	5	8	9	7	2	6	4
2	8	7	9	6	5	4	3	1
3	9	6	4	1	8	5	2	7
5	4	1	3	7	2	8	9	6

Solutions des sudokus

Sudoku p. 495

8	3	9	7	4	2	5	1	6
5	1	4	3	6	8	2	7	9
2	6	7	9	1	5	3	4	8
9	7	2	4	8	1	6	3	5
3	5	8	6	2	7	1	9	4
1	4	6	5	9	3	7	8	2
4	9	3	1	5	6	8	2	7
6	2	1	8	7	9	4	5	3
7	8	5	2	3	4	9	6	1

Sudoku p. 529

5	2	6	7	9	8	3	1	4
7	8	3	1	2	4	5	6	9
4	9	1	5	6	3	2	7	8
8	1	4	2	7	6	9	5	3
9	6	2	3	5	1	8	4	7
3	5	7	4	8	9	6	2	1
6	3	5	8	1	7	4	9	2
1	4	9	6	3	2	7	8	5
2	7	8	9	4	5	1	3	6

Solutions des mots croisés

Mots croisés p. 30

	I	II	III	IV	V	VI	VII	VIII
1	S	E	T	E	R	E	E	S
2	E	T	I	R	E	U	S	E
3	L	E	P	R	E	■	■	R
4	E	T	E	■	S	■	A	I
5	N	E	E	S	■	A	L	E
6	I	N	■	E	R	N	E	E
7	E	T	H	E	N	E	S	■
8	E	■	E	S	■	S	E	S

Mots croisés p. 80

	I	II	III	IV	V	VI	VII	VIII
1	R	E	A	L	E	S	E	E
2	E	N	L	I	S	A	N	T
3	A	L	E	A	■	L	■	■
4	L	I	S	T	E	A	U	X
5	E	S	■	■	R	I	T	E
6	S	E	N	S	E	■	■	■
7	E	R	I	C	■	E	T	E
8	R	■	E	■	E	R	■	R

Mots croisés p. 130

	I	II	III	IV	V	VI	VII	VIII
1	T	R	I	E	S	■	E	R
2	■	E	N	■	A	■	V	A
3	R	A	T	E	L	E	E	S
4	B	L	E	U	A	T	R	E
5	■	E	R	■	B	E	T	E
6	A	S	E	■	E	■	U	■
7	R	E	T	E	R	C	E	R
8	T	E	S	■	T	E	R	■

Mots croisés p. 194

	I	II	III	IV	V	VI	VII	VIII
1	S	E	V	E	R	I	T	E
2	E	S	E	R	I	N	E	S
3	S	C	Y	E	■	C	■	T
4	A	I	S	S	E	A	U	■
5	M	E	■	■	H	■	N	E
6	I	N	F	L	U	X	■	P
7	E	T	E	R	N	E	L	S
8	S	■	L	■	S	■	U	■

Mots croisés p. 254

	I	II	III	IV	V	VI	VII	VIII
1	B	O	N	H	E	U	R	S
2	L	U	B	E	R	S	A	C
3	A	I	■	L	R	■	Y	■
4	G	E	R	A	■	L	E	S
5	U	S	A	■	A	E	R	A
6	I	■	F	O	R	M	E	R
7	E	C	L	O	P	E	S	■
8	Z	■	A	■	■	■	■	L

Solutions des mots croisés

Mots croisés p. 306

	I	II	III	IV	V	VI	VII	VIII
1	Q	U	E	S	T	I	O	N
2	A	S	T	R	A	N	C	E
3	D	A	H	■	■	■	R	U
4	D	B	■	T	Y	P	A	I
5	I	L	■	I	■	E	■	L
6	C	E	N	S	E	U	R	■
7	H	S	■	S	■	H	■	V
8	■	■	O	U	I	L	L	E

Mots croisés p. 366

	I	II	III	IV	V	VI	VII	VIII
1	L	U	M	I	E	R	E	S
2	A	N	O	N	N	E	R	A
3	B	I	L	A	S	■	L	U
4	E	T	E	■	■	P	O	L
5	L	I	S	A	I	E	N	T
6	I	F	■	G	L	U	■	■
7	S	■	N	■	■	■	P	A
8	E	S	P	A	G	N	O	L

Mots croisés p. 438

	I	II	III	IV	V	VI	VII	VIII
1	P	R	E	M	I	E	R	E
2	A	B	H	O	R	R	A	S
3	C	■	■	D	■	■	C	■
4	A	S	T	A	B	L	E	S
5	G	O	A	L	■	A	M	E
6	E	T	R	E	C	I	E	S
7	A	■	A	■	A	N	S	■
8	I	N	F	L	U	E	■	T

Mots croisés p. 478

	I	II	III	IV	V	VI	VII	VIII
1	T	E	S	T	E	U	R	S
2	U	R	G	E	N	T	E	■
3	A	B	■	N	■	■	G	A
4	B	U	T	A	I	E	N	T
5	L	E	U	C	■	C	A	R
6	E	S	T	E	R	A	S	E
7	■	■	S	■	A	R	■	■
8	B	R	I	G	I	T	T	E

Mots croisés p. 524

	I	II	III	IV	V	VI	VII	VIII
1	E	F	F	E	C	T	U	E
2	F	I	A	S	S	E	N	T
3	F	A	R	T	■	R	I	O
4	E	S	■	E	N	C	A	N
5	C	S	A	R	D	A	S	■
6	T	E	L	S	■	I	■	N
7	I	■	■	■	F	■	L	I
8	F	A	B	R	I	Q	U	E

Solution
du jeu des 7 erreurs

Solution du petit jeu détente

1. GIRAFE
2. ÉLÉPHANT
3. SINGE

1 2 3

Allez vite sur la page FACEBOOK du WC-BOOK !

Rejoignez la communauté sur votre smartphone et partagez des moments de délires inédits avec d'autres WC Bookers.

Des jeux, des quiz, des blagues, des astuces, des anecdotes, des chiffres, des questions à la con, des peopleries et tant d'autres rubriques à partager avec vos amis sur **Facebook !**

Défiez-les sans tarder, les fous rires sont assurés !

Assis aux toilettes,
restez connecté avec
le monde extérieur !

Marie Dewulf

Ses horoscopes, précis et toujours détaillés, apparaissent depuis de nombreuses années dans la presse écrite ou sur diverses antennes comme Europe 2, Voltage FM, etc.

Astrologue de renom, Marie Dewulf anime également des conférences sur le développement personnel : comment vaincre sa timidité, gérer son stress, guérir ses blessures intérieures, interpréter ses rêves pour mieux se comprendre, etc.

Marie Dewulf
01 73 73 22 61
06 87 48 54 93

www.maviedefemme.com

En partenariat avec www.maviedefemme.com, le 1er site féminin et communautaire pour une vie épanouie dans la zen attitude.

Rejoignez notre communauté sur le site MaViedeFemme.com : actus, astuces, tendances, beauté, mode, minceur, détente, bien-être…

Rejoignez-nous aussi sur Facebook :
www.facebook.com/site.maviedefemme